인생처방전

주머니 속의 삶의 지혜

노 제 향 엮음

문지사

-인생처방전-

주머니 속의 삶의 지혜

노제향 엮음

주머니 속의 삶의 지혜

발행 2013년 4월 30일 초판 인쇄

편집디자인 포인
표지디자인 포인

엮은이 노 제 향
발행처 문 지 사
발행인 홍 철 부

등록일자 1978년 8월 11일
출판등록 제3-50호

주소 서울특별시 은평구 갈현동 423-16
전화 | 영업부 02)386-8451(代)
편집부 02)386-8452
팩 스 02)386-8453

정가 12,000원

이 책을 읽는 분들을 위하여

모두들 어렵고 힘들게 살고 있다고 말합니다. 새벽부터 밤늦게까지 삶의 터전에서 잠시도 자기 자신을 돌아 볼 수 없고 쉴 시간조차 잃어버린 채 일상의 울타리에 갇힌 우리의 삶, 때로는 채색되지 않은 꿈의 조각들 때문에 비틀거리는 시간들, 가난을 넝마 줍듯 주어 불행의 저울에 달아서 팔아버린 눈금 없는 일상들, 이는 내 스스로가 각박하고 힘들게 각박한 것이 아니라, 힘들고 각박하다고 생각하는 그 마음이 각박한 세상을 만드는 자도 모릅니다. 그래서 세상은 내 마음의 거울이라고도 합니다.

이 책에는 따뜻한 마음을 가진 사람들, 따뜻한 마음을 가지는 법을 배우려는 사람들의 이야기와 꿈과 행복을 찾아가는 삶의 길목에서 만나게 하는 작은 지혜가 담겨 있습니다. 때문에 이 책은 그 지혜의 삶이 되게 엮었습니다. 처음부터 읽지 않아도 됩니다. 어느 곳이든 펼치면 가슴을 따뜻하게 울리는 행복한 글들이 기다리고 있습니다. 짧은 글들이 지혜의 꽃으로 피어 삶의 텃밭을 풍요롭게 할 것입니다.

엮은이 씀.

차 례

꽃길

옛날에는 동네 공동 우물에서 물을 길어다 먹었습니다. 그 때 한 머슴이 매일 아침마다 물지게를 지고 우물물을 길었습니다.

머슴이 살고 있는 집과 우물 사이의 거리가 꽤 멀어 한참을 가야 했습니다. 그러나 머슴은 하루도 빠짐없이 물지게를 지고 우물과 집을 오가며 물을 길어 날랐습니다.

그러던 어느 날 물동이에 작은 금이 갔습니다. 그 틈새로 물이 조금씩 새어 나왔습니다. 그러나 머슴은 물동이에서 물이 새는 것을 아는지 모르는지 물을 길어 날랐습니다.

어느 때부터인가 머슴이 오가는 길 위에 아름다운 작은 꽃들이 피어나기 시작했습니다. 그러자 얼마 지나지 않아 길은 예쁜 꽃길이 되었습니다. 그 길을 오고가는 사람들은 행복한 마음이 되었습니다.

어느 날 물동이가 새는 것을 본 주인 대감이 머슴을 불러 물었습니다.

"네가 사용하고 있는 물동이에서 물이 새는구나. 애써 물을 길어 나르는데 더 힘이 들겠구나."

그러자 머슴은 밝은 표정으로 말했습니다.

"대감님! 소인도 물동이에서 물이 샌다는 것을 잘 알고 있습니다. 그래서 길가에 꽃씨를 뿌려 놓았습죠. 길가에 예쁜 꽃들이 피어 있는 것을 못 보신 것 같습니다. 제가 금이 간 물동이로 물을 길러 다니면서 저절로 조금씩 물을 뿌려주게 되니 예쁜 꽃들이 자랐지요. 그 꽃들을 보고 걷노라면 힘든 줄도 모른답니다."

대감의 얼굴에 웃음이 피어났습니다. 이른 아침의 예쁜 꽃길이 떠올랐던 것입니다.

화려함과 아름다움

정원에는 넝쿨장미와 백일홍이 서로의 아름다움을 뽐내듯 다투어 피어있습니다. 백일홍은 넝쿨장미를 부러워했습니다.

"장미님, 당신의 모습은 너무 곱고 아름답습니다. 그 화려한 모습을 보기 위해 많은 사람들이 항상 장미님 주위에 몰려 들고 있으니 무척 행복하시죠!"

그러나 넝쿨장미는 고개를 저었습니다.

"백일홍님, 그건 오해입니다. 내 겉모습의 화려함은 극히 짧은 시간 동안만 간직할 수 있어요. 나는 오히려 백일 동안이나 아름다움을 자랑하는 당신이 부럽습니다."

이 말에 백일홍은 더욱 자신을 가꾸기 시작했습니다.

갈대의 용기

넓은 평원에는 갈대숲이 이어져 있고 그 주위에 올리브나무가 이웃하여 모여 있었습니다. 갈대와 올리브나무는 태풍이 불어와도 끄떡 안 한다고 싸우듯이 서로 장담을 했습니다.

생명이 있는 것들은 남을 부러워하는 것보다 자신에 대한 만족감에 젖어 있을 때가 가장 행복한 순간인지도 모릅니다.

마침내 서로의 장담이 너무 지나쳐서 말다툼이 벌어졌습니다.

"갈대의 마음이라더니, 너는 바람이 조금만 불어도 머리를 숙이잖니!"

올리브나무가 빈정거리듯이 놀렸습니다.

갈대는 아무런 대답도 하지 않았습니다. 다만 조용한 갈대의 모습이 호수에 비칠 뿐이었습니다.

얼마 후 태풍이 불어왔습니다. 그러자 갈대는 부드럽게 고개를 숙이고 자세를 낮추어 바람을 피했습니다.

그러나 올리브나무는 세찬 바람을 피하지 않고 맞섰습니다. 결국은 뿌리 채 뽑혀 버렸습니다.

뿌리의 마음

한 정원사가 있었습니다.

어느 누구도 그 사람처럼 갖가지 종류의 꽃들을 훌륭하게 피워 낼 수 없었습니다. 그는 세상의 꽃들을 아름답게 피워 내기 위해 살고 있는 것 같았습니다.

어느 날 그에게 물어보았습니다.

"아름다운 꽃을 피우는 비결은 뭡니까?"

그가 대답했습니다.

"다름 아니라 난 뿌리에 더 신경을 씁니다. 그게 비결입니다!"

"무슨 뜻입니까?"

그는 말했습니다.

"꽃을 계속 잘라내는 것이지요. 난 나무가지에 별 목적없이 피어난 꽃봉우리를 그냥 놔두지 않는다는 뜻입니다. 만약에 한 나무에 몇 십 송이의 꽃이 피면 몇 송이만 남겨놓고 다 잘라 버리지요. 그러한 작업을 거치면 뿌리는 점점 건강해집니다. 몇 십 송이의 꽃을 한 송이로 모은 것처럼 크고 아름다운 꽃을 피웁니다. 결국은 뿌리의 마음이 꽃입니다. 이게 바로 내 비결입니다."

상처와 영광

수리부엉이 한 마리가 날개에 큰 상처를 입고 신음하고 있었습니다.

“아아! 난 너무 큰 상처를 입어서 날기는커녕 살지도 못할 거야. 온갖 새들이 모두 나를 비웃는 것만 같아. 너무 암담해.”
수리부엉이는 슬픔에 빠져 죽음만을 생각하게 되었습니다.

바위산 꼭대기 둥지에서 식음을 잃고 움츠리고 있는 수리부엉이에게 새들의 왕인 독수리가 날아왔습니다.

“이봐, 어디가 아픈가?”

독수리가 위엄있게 물었습니다.

“제 몸에 난 상처를 보면 모르시겠어요. 모두들 나를 깔보고 있어요. 저 바위 틈의 들쥐까지 장난을 쳐요. 정말 죽고 싶어요.”

수리부엉이는 다 죽어가는 소리로 대답했습니다.

그러자 독수리는 자신의 날개를 힘껏 펼치며 말했습니다.

“내 몸을 자세히 보아라. 지금 난 새들의 왕이 되었지만, 너보다 더 많은 상처를 입으며 살아왔다.”

정말 독수리의 몸 이곳저곳에는 수많은 상처 자국이 있었습니다. 다른 독수리로부터 공격 받은 상처, 들짐승에게 물린 상처, 사람들의 사냥총에 의한 상처가 여기저기 훈장처럼 나 있었습니다.

“이렇게 많은 상처를 입으며 왕이 되셨군요.”

수리부엉이가 감탄하자, 왕 독수리는 위엄을 더하며 말했습니다.

“이 세상에 상처가 없는 새는 없다. 그 상처를 딛고 굳건히 일어서야만 자신의 참다운 모습을 발견하느니라.”

종달새의 탐욕

나무 위에 앉아 즐겁게 노래 부르던 종달새 한 마리가 작은 상자를 들고 지나가는 젊은이에게 궁금한 듯 물었습니다.

"그 상자 속엔 무엇이 있죠?"

"네가 좋아하는 지렁이란다."

젊은이가 대답했습니다.

구미가 당긴 종달새가 다시 물었습니다.

"어휴! 어떻게 하면 그것을 얻을 수 있죠?"

젊은이의 대답은 간단했습니다.

"네 깃털 하나에 지렁이 한 마리씩 줄 수 있지."

종달새는 그 즉시 깃털 하나를 뽑아 지렁이와 바꾸어 먹었습니다.

수많은 깃털 중에 하나쯤 뽑아낸들 아무 상관 없을 것 같아서

였습니다.

맛있는 먹이를 얻는 방법이 너무 손쉽다는 데 일종의 희열을 느끼며 종달새는 유쾌하게 노래를 불렀습니다.

이 방법에 재미가 붙은 종달새는 얼마 지나지 않아 한 개의 털도 남지 않은 벌거숭이가 되고 말았습니다.

스스로를 쳐다봐도 부끄럽기 짝이 없는 종달새는 마침내 노래마저 중단하고 말았습니다.

이웃

여름 내내 파랑새 한 마리가 행복한 소리로 아름다운 노래를 불렀습니다.

앞으로 닥쳐 올 추위나 먹을 것에 대한 걱정도 없이 오직 노래만 불러 산 속의 모든 동물들을 즐겁게 했습니다.

그 근방 바위 틈에 들쥐 한 마리가 살고 있었는데, 그 들쥐는 무척 부지런했습니다. 아름다운 노래만 부르는 파랑새와는 달리 들쥐의 관심은 오직 온갖 곡식들을 끌어다가 곳간을 채우는 일이었습니다.

여름이 지나고 가을이 끝나자 어느덧 겨울이 닥쳐왔습니다. 그 동안 노래만 불렀던 파랑새는 먹을 것이 없어 배고픔의 시련을 겪어야 했습니다. 할 수 없이 파랑새는 여름 동안 부지런히 일한 들쥐를 찾아가 식량을 빌려 달라고 간절히 청했습니다. 하지만 들쥐는 파랑새의 게으름을 탓하며 들은 척도 하지 않았습니다. 결국 추위와 굶주림에 지친 파랑새는 죽고 말았습니다. 더 이상 파랑새의 아름다운 노래를 들을 수 없게 되었습니다.

파랑새의 죽음 따위는 아무런 관심없이 들쥐는 먹을 것이 가득한 곳간에서 풍족한 생활에 배를 두드리며 나날을 보냈습니다. 그러다가 문득 파랑새의 아름다운 노래가 들리지 않고 산속이 매우 적막해졌다는 사실을 깨닫기 시작했습니다.

들쥐의 마음은 견딜 수 없이 공허해졌습니다. 전에는 무심코 듣던 파랑새의 아름다운 노래가 견딜 수 없이 그리웠습니다. 그럴때마다 들쥐는 밖으로 나와 파랑새가 노래 부르던 숲을 바라보았으나 찬 겨울바람의 고함 소리에 귀가 먹먹할 지경이었습니다. 이렇듯 허전하고, 너무도 쓸쓸하여 외로움만 깊어갔습니다.

어떻게든 파랑새의 노랫소리를 다시 듣고 싶었지만, 그건 불가능한 일이었습니다.

마침내 파랑새의 노랫소리를 듣지 못한 들쥐는 극심한 외로움에 곡식이 가득 쌓인 곳간에서 서서히 죽어갔습니다.

어리석음

그리스 최고 종교지도자 델퍼 신탁은 소크라테스가 이 세상에서 가장 지혜로운 사람이라고 선언했습니다. 그러자 소크라테스의 제자들이 달려가 이 소식을 전했습니다.

"선생님, 기뻐하십시오. 델퍼 신탁이 선언하기를 소크라테스 선생님이 세상에서 가장 현명한 사람이라고 했습니다."

소크라테스는 조용히 웃으면서 제자들에게 말했습니다.

"돌아가서 다시 한 번 물어 보라. 분명히 착오가 있었을 것이다. 내가 어찌 지혜로운 사람이란 말이냐? 내가 알고 있다는 것은 오직 한 가지, 내 자신은 아무것도 모른다는 사실 뿐인데, 내가 지혜로운 사람이란 말인가? 실수를 한 것이 분명하니 다시 가서 신탁에게 물어보라."

제자들은 델퍼 신전으로 가 물었습니다.

"우리 소크라테스 선생 본인이 그 사실을 인정하지 않고 있으니 대체 어찌된 일입니까? 선생 자신은 지혜롭지 못하다고 합니다. 선생님은 진정으로 아무것도 모른다는 사실만을 알고 있을 뿐이며, 자신은 오직 그 사실만이 분명하다고 말하고 있습니다."

이에 신탁은 이렇게 대답했습니다.

"그 점이 바로 소크라테스가 가장 지혜로운 사람이라고 선언한 이유다. 진정으로 현명한 자만이 자신이 아무것도 모른다고 말할 수 있기 때문이다."

게으름

하루 종일을 하는 일없이 침대에 누워 시간을 보내는 남자가 있었습니다. 하루는 친구가 왜 이렇게 침대에 누워서 지내느냐고 물었습니다. 그는 묘한 웃음을 흘리며 대답했습니다.

"매일 아침마다 내 머리맡에서는 두 아가씨가 서로의 주장을 놓고 다툼을 벌인다네. 한 아가씨는 부지런함이고 다른 아가씨는 게으름이지, 이들 두 아가씨는 서로 자기의 뜻을 주장하는데, 아침이 되면 한 아가씨는 나에게 빨리 일어나라고 간청하고 게으름이라는 아가씨는 그대로 누워있으라고 유혹하는 거야. 그런 다음 내가 왜 일어나야 하는지, 아니면 그러지 말아야 하는지에 대해 여러 가지 이유를 말하지. 양쪽의 주장을 모두 들어주는 것이 공정한 재판관의 임무이듯이 나도 그들의 권리를 보장해주기 위해 자리에 누워 있어야만 한다네. 자네라면 이해할 수 있지 않겠나!"

뚝심

북산에 살고 있는 우공(愚公)이라는 사람은 동네 양쪽으로 높은 산이 있어서 갑갑하다는 생각이 들었습니다.

"저놈의 산을 기어코 깎아서 평지로 만들어야겠다."

는 생각을 하고 준비에 착수했습니다.

모두들 비웃었지만,

"두고 보시오. 내가 비록 늙었지만(그때 그의 나이는 아흔이었다) 내가 하다가 죽으면 아들이 계속하고, 아들이 죽으면 손자가 잇고, 손자가 죽으면… 하는 식으로 대대손손 산을 깎아내면, 끝내는 평지가 되고 말거요."

하고 큰 소리를 쳤습니다.

이 말을 들은 산신이 천제에게 그 당돌하고 건방진 노인의 일에 대해 보고를 드렸습니다.

이에 천제는,

"미련하고 고집 센 놈한테는 어쩔 수 없노라."

하면서 신장(神將)을 불러서는 두 산을 다른 곳으로 옮겨 주었다고 합니다.

나이 아흔이나 되는 노인이 삽과 곡괭이로 산을 없애겠다는 그 의지와 용기에 대한 놀라움의 결과였으리라고 믿어집니다.

돈의 노예

한 농부가 밭을 갈다가 유리 구두 한 켤레를 파냈습니다. 그런데 이 유리 구두는 땅 속에서 사는 요정의 신발이었습니다.

요정이 와서 신발을 돌려 달라고 하자, 농부는 유리 구두를 돌려 주는 대신에 밭을 한 고랑 갈 때마다 돈이 나오게 해 달라고 요구했습니다.

요정은 "그까짓 것쯤이야 어렵지 않죠." 하는 식으로 승낙을 하고는 구두를 돌려받았습니다.

드디어 농부는 밭을 갈기 시작했습니다.

과연, 한 고랑을 갈 때마다 번쩍번쩍하는 금화가 한 개씩 나오는 것이었습니다. 돈이 급속도로 불어나기 시작했습니다.

밭 근처에는 아무도 오지 못하게 하고 새벽부터 저녁까지 열심히 밭을 갈았습니다.

밤이면 돈을 세어보는 재미로 가족도 친구도 가까이 하지 않았습니다. 돈은 자꾸 늘어 가는데 몸은 피곤해지고 나날이 쇠약해져 갔습니다. 그래도 쉬지 않고 돈을 파냈습니다.

그러던 어느 날 그만 쓰러지고 말았습니다. 엄청난 돈을 모았지만, 무엇 때문에 모았는지 모를 정도로 허무하게 세상을 떠난 것입니다.

반복의 댓가

어느 겨울 아침, 고슴도치 두 마리가 추위에 떨고 있었습니다.

그들은 서로의 몸을 따뜻하게 하고자 가까이 접근했습니다.

그러나 가깝게 할수록 몸에 있는 날카로운 바늘 때문에 서로에게 상처만 입히는 것이었습니다.

그래서 두 마리의 고슴도치는 가깝게 접근하다가 또 멀어지고 하기를 반복하는 사이에 적당히 따뜻하면서도 상처를 주지 않는 알맞은 거리를 찾아냈습니다.

이율배반

일곱 살 난 어린 소년이 선생님으로부터 질문을 받았습니다.

"너의 여동생은 이제 말하기를 배웠느냐?"

이에 소년이 대답했습니다.

"예, 선생님! 말하기는 배웠는데, 이제 우리는 그 아이에게 조용히 하도록 가르치고 있어요."

단점보다 장점을 보는 지혜

어느 날 공자는 제자들과 함께 길을 걷고 있었습니다.

그때 맞은 편에서 걸어오는 사람이 한쪽 다리를 절룩거렸습니다.

"저 사람은 한쪽 다리가 짧은 모양입니다?"

제자는 상대편 사람의 부족함을 드러내며 말했습니다.

"네 눈에는 다리 하나가 짧게 보이는 것 같구나? 이왕이면 다른 다리가 길다고 하는게 더 좋지 않겠느냐?"

제자는 머리를 깊이 숙였습니다.

자기 한정

어떤 낚시꾼이 고기를 잡고 있었습니다.

고기를 잡으면 그 길이를 재어 보고는 큰 것은 버리고 작은 것을 어망에 담는 것이었습니다.

"실례입니다만, 한 가지 여쭤봐도 될까요?"

"물론이지요."

"큰 고기는 버리고, 작은 고기만 담으시는데 무슨 이유인가요?"

"그야 까닭이 있지요. 우리 집 후라이팬의 크기가 10인치(약 25cm) 밖에 안 되니까요. 그래서 10인치가 넘는 것은 곤란하지요."

우리는 이 낚시꾼을 어리석다고 비웃을 수 있지만, 실제로 우리도 이와 비슷한 일을 하고 있는지도 모릅니다.

우리 인간들의 삶이란 어떤 형태로도 자기 자신이 원하는 크기를 한정시켜 놓고는 그 이상의 것은 포기해 버리는 이율배반적인 존재가 아닌가 생각해 볼 일입니다.

자기 중심

중국 우화에 이런 이야기가 있습니다.

발이 입에게 말했습니다.

"너는 항상 나를 존경할 필요가 있어. 너를 먹이려고 나는 피곤한 줄 모르고 하루종일 뛰어다니고 있으니까 말이야!"

그러자 입이 말했습니다.

"그렇게 뽐낼 것 없어. 만일 내가 굶어버리면 너는 어떻게 뛰어다니지."

이솝 우화에 이런 이야기도 있습니다.

소가 무거운 짐을 수레에 싣고 힘겹게 끌고 있습니다.

이때 수레바퀴가 계속하여 삐그덕 덜컹거리며 소리를 냈습니다.

소가 뒤돌아보며 바퀴에게 말했습니다.

"이봐, 왜 그렇게 시끄럽게 굴지. 짐을 끌고 있는 건 나야. 소리를 질러야 할 것은 네가 아니라, 바로 나란 말이야."

이 우화를 조금만 생각해 보면 서로가 도움을 주고 도움을 받는 관계라는 것을 알 수 있을 것입니다.

용기

『나는 고양이』라는 작품으로 유명한 일본의 소설가이자, 영문학자인 나츠메 소세키 교수의 대학 강의 시간에 일어난 일입니다.

한창 강의에 열중하고 있는데 한 학생이 주머니에 손을 넣은 채 수업을 듣고 있는 것을 발견하였습니다.

"이봐, 자네의 수업 태도가 왜 그런가? 자세를 바르게 해!"

나츠메 교수는 화난 음성으로 말했습니다. 그러나 상대 학생은 얼굴이 붉힌 채 고개를 숙였습니다. 그러면서 학생이 팔을 빼지 않자, 나츠메는 학생에게 다가가 다시 큰 목소리로 질타했습니다.

"자네는 내 말이 안 들리나? 왜 팔을 빼지 않는가?"

순간 학생의 얼굴은 일그러졌고 더욱 고개를 떨구었습니다.

그때 옆자리에 앉은 학생이 말했습니다.

"교수님, 그 애는 한쪽 팔이 없습니다."

나츠메는 깜짝 놀라며 그 학생을 잠시 동안 바라보았습니다. 짧은 침묵이 흐른 후 나츠메가 입을 열었습니다.

"내가 실수를 했군. 하지만 교수인 나도 부족한 지식을 가지고 수업을 하고 있는 중일세, 그러니 자네도 부족한 한쪽 팔을 당당히 드러내고 수업을 받지 않겠나?"

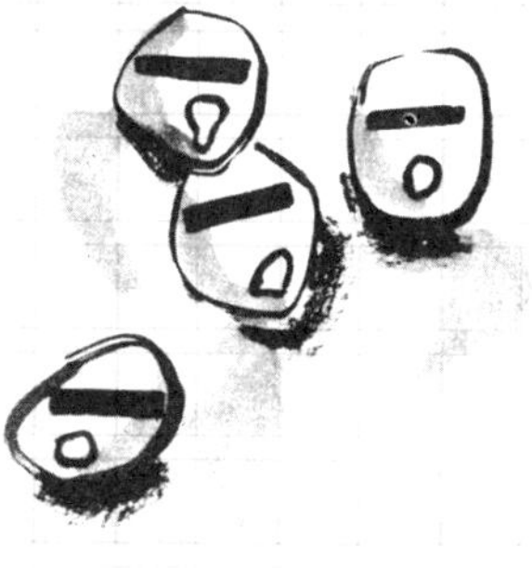

충성심

나폴레옹이 즐겨하는 이야기 중에 하나입니다.

어느 날 나폴레옹이 시골을 방문하고 있었는데 군복을 멋지게 차려 입은 한 병사를 만나게 되었습니다.

그런데 그 병사의 가슴에는 '레종 드 뇌르'(최고 훈장)가 빛나고 있었습니다. 그러나 불행하게도 팔이 한쪽 밖에 없었습니다.

"팔은 어디에서 잃었나?"

"아우츠텔리츠 전투였습니다, 각하."

"그래서 훈장을 받은 거구만."

"그렇습니다. 하지만 이것은 장식용 쇠조각에 불과할 뿐입니다."

"자네는 두 팔을 다 잃지 못한 것이 후회스런 모양이군."

"그렇습니다, 각하. 제가 만일 두 팔을 다 잃는다면 각하께서는 제게 무엇을 해 주시겠습니까?"

"귀관은 '레종 드 뇌르' 훈장을 두 개 달게 될 걸세."

그러자 그 병사는 칼을 쑥 뽑더니 나머지 팔을 내려치더라는 것입니다.

때때로 우리는 잘못 판단한 만용 때문에 진정한 용기를 저버리는 경우가 있습니다.

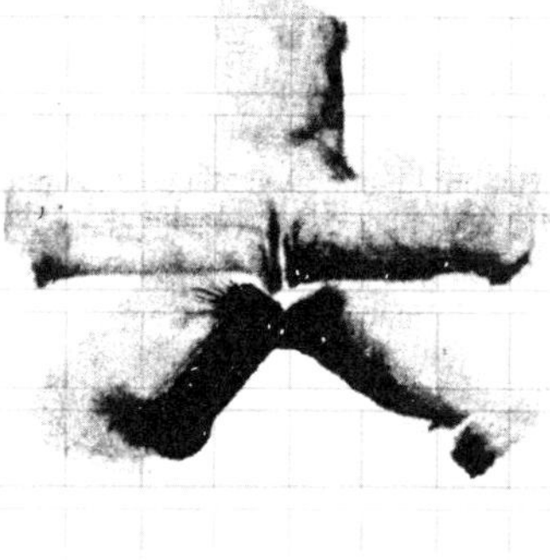

습관

수족관에 사나운 바라큐다라는 고기와 고등어가 유리 칸막이를 사이에 두고 살았습니다.

투명한 칸막이를 의식하지 못한 바라큐다는 빠른 동작으로 고등어에게 달려들었습니다.

그러나 바라큐다는 유리 칸막이가에서 멈추게 되었고, 그의 주둥이를 계속해서 칸막이에 부딪히고서야 공격을 포기하고 말았습니다.

그 후 유리 칸막이를 들어냈습니다.

그러나 바라큐다는 지금까지 벽이 있었던 위치까지 가더니 멈추었습니다.

왜냐하면 그 칸막이가 그대로 있을 것이라고 생각했기 때문입니다.

소유

어느 조각가가 자신의 모든 재능을 발휘하여 소녀상을 깎았습니다. 그런데 그 소녀상이 얼마나 아름답고 완벽했던지 그만 조각가는 조각상에 반하고 말았습니다.

하루 종일을 소녀상 앞에 앉아 있는 것으로 시간을 보냈습니다. 몇날 며칠을 소녀상에 열정의 눈길을 보내던 그는 신에게 애원했습니다.

"어찌 제가 이렇게 아름다운 소녀를 조각했다는 말입니까! 저는 이제 어느 누구에게도 사랑의 감정을 품을 수가 없습니다. 그러니 제발 이 조각에 생명을 불어넣어 주십시오."

조각가의 절규에 가까운 간청에 감동 받은 신은 그 소녀상에 생명을 넣어 주었습니다. 그러자 딱딱한 나뭇결이 부드러운 살결로 바뀌어 아름다운 여인이 되었습니다.

조각가는 너무나 기뻤지만 또 다른 고민에 빠져들었습니다.

이 완전무결한 아름다운 소녀의 모습을 어떻게 보존해야 할지 걱정이 앞섰습니다.

조각가는 소녀에게 말했습니다.

"절대로 밖에 나가서는 안 된다. 햇빛에 피부가 거칠어지면 큰 일이거든. 또 음식을 많이 먹으면 뚱뚱해지니 조심해야 한다."

불쌍한 소녀는 집 안에서 인형처럼 지내지 않으면 안 되었습니다.

조각가는 늘 불안한 얼굴로 소녀를 감시하며 모든 행동을 통제했습니다.

소녀는 처음의 조각상일 때와 다르지 않은 생활이 계속되었습니다. 마침내 하루하루 무의미한 나날을 보내던 소녀는 눈물을 흘리며 기도했습니다.

"제발 저를 다시 조각상으로 돌아가게 해 주세요. 저의 주인이 사랑하는 것은 자기가 만든 작품이지 제가 아니에요. 제발!"

신은 이 조각상 소녀의 간절한 기도를 들어주었습니다.

이심전심

빈센트 반 고흐가 프랑스에서 생활하고 있는 때의 이야기입니다.

저녁 무렵 고흐는 바닷가에 자리잡은 작업실에서 창밖을 내다보고 있었습니다. 바다 저편 하늘로 태양이 서서히 모습을 감추고 있었습니다. 그 광경을 고즈넉이 바라보던 고흐는 캔버스를 펼쳐 놓고 아름다운 석양을 그리기 시작했습니다.

옆에서는 그의 제자가 옒은 빛으로 지는 저녁 노을 풍경과 스승이 연출해 내는 그림을 번갈아 바라보며 그 아름다움에 취해 숨을 몰아쉬며 탄성을 쏟아냈습니다. 그리고는 자신도 스승을 따라 그림을 그리기 시작했습니다. 그런대 얼마 지나지 않아 제자가 갑자기 붓을 내려놓으며 고흐에게 말했습니다.

"선생님, 잠깐 집에 다녀오겠습니다."

그림에 열중해 있던 고흐가 잠시 붓을 멈추고 고개를 돌렸습니다.

"아니, 그림을 그리다 말고 별안간 왜 집에 간다는 건가?"

"지금 곧 집으로 가서 가족들에게 이 아름다운 저녁 노을을 보라고 말해 주고 싶습니다."

그의 목소리는 벅찬 감동 때문인지 가볍게 떨고 있었습니다. 그러자 고흐가 웃음 띤 얼굴로 말했습니다.

"그럴 필요가 없을 것 같네. 그곳에도 저녁 노을이 지고 있을 테니 자네가 말해 주지 않아도 볼 수 있을 걸세."

제자는 더욱 진지한 목소리로 말했습니다.

"아닙니다, 선생님. 제가 오랫동안 이 해변에서 살아왔지만, 선생님이 오시기 전까지는 이처럼 아름다운 노을을 단 한 번도 본 적이 없습니다."

느림의 댓가

두 명의 승려가 여행을 하고 있었습니다. 배를 타고 강을 건너려 하자, 사공이 어디로 가느냐고 물었습니다. 그러면서 사공이 덧붙여 말했습니다.

"만일 이 계곡을 넘어 성안으로 가시려거든 천천히 가셔야 합니다."

그러자 늙은 승려가 말했습니다.

"우리가 천천히 길을 간다면 예정 시간에 도착하지 못할 것이네. 성문은 일몰 직전에 닫으므로 이제 한두 시간밖에 남지 않았는데, 그 먼 거리를 어찌 천천히 갈 수 있겠는가? 늦으면 다시 성문이 열릴 때까지 기다려야 하는데 사나운 동물의 위험을 어떻게 피한다는 말인가? 여하간 우리는 서둘러 가야만 하네."

노승의 이야기를 다 듣고 난 사공이 말했습니다.

"좋습니다. 이는 제 경험담입니다만, 천천히 가는 사람만이 성에 도착할 수 있습니다."

그러자 젊은 승려는 사공의 말을 듣고 깊이 생각했습니다.

'나는 이 지방의 지리를 전혀 모르지 않는가? 아마 이 사공의 말에는 무슨 뜻이 있는 게 틀림없나 보다. 사공의 충고를 듣는 것이 좋겠다.'

그래서 젊은 승려는 천천히 걸어갔습니다. 그러나 노승은 바삐 서둘러 걸음을 재촉했습니다. 그의 등에는 많은 경전이 짊어져 있었습니다.

이윽고 얼마를 달려가자 노승은 발을 심하게 다쳤습니다. 성으로 가는 길은 자갈이 많고 험했기 때문입니다. 그래서 그는 극심한 피로와 발의 상처로 얼마 안 가서 쓰러지게 되었습니다. 너무 서둘렀기 때문에 연로한 나이와 체력이 감당해 낼 수 없었기 때문이었습니다.

반면에 젊은 승려는 무리 없이 성에 다다를 수 있었습니다. 사공이 걱정이 되어 그들을 찾아갔을 때 얼마 가지 않아 길가에 쓰러져 있는 노승을 발견하자 그의 발바닥에서는 피가 흐르고 있었습니다.

사공이 노승에게 말했습니다.

"스님, 이런 경우가 생길 것을 말씀드렸습니다. 만일 스님께서 제 말씀을 듣고 천천히 걸으셨다면 이런 공경을 당하지 않으셨을 것입니다. 이 길은 매우 험하고 자갈이 많아 서둘러 걸으시면 꼭 사고를 당하시게 됩니다. 왜 제 말을 안 들으셨습니까?"

이 이야기는 한국의 선의 일화 중에 하나입니다. 인간의 삶에 있어서 서둘지 말고 천천히 그리고 꾸준히 나가라는 교훈을 말해 주고 있습니다.

어떤 미소

어떤 한 남자가 자신의 승용차로 자살을 하려고 급히 차를 몰았습니다.

고속도로를 맹 스피드로 달리다가 큰 바위와 맞닥뜨려거나 벼랑이나 강으로 날아들 생각을 했던 것입니다.

시내의 교차로에서 빨간 신호에 걸려 기다리고 있는데 제대로 신호를 보지 못한 다른 차가 바로 자기 차 앞에서 급정거를 하는 것이 아닌가.

그 차를 운전하던 아가씨가 얼굴을 붉히며 미소를 보내었습니다.

이윽고 다시 길이 풀려 차들은 서로 제 갈 길을 가기 작했습니다.

고속도로를 달리는 도중에도 그 아가씨의 미소가 계속 머리에 떠올랐습니다.

"이런 쓸모 없는 인간에게도 미소를 보내는 사람이 있다니!"

그 남자의 마음이 흔들리기 시작했습니다.

"어쩌면 이 세상은 살만한 가치가 있을지도 모른다!"

남자는 차를 돌려 시내로 돌아와서 자기를 치료하던 정신과 의사에게 전화를 걸었습니다.

"어떤 여성의 미소가 저에게 살아야 할 이유를 깨우쳐 주었습니다. 이제부터는 선생님의 치료가 필요없게 되었습니다."

정신과 의사도 구제하지 못한 그 남자의 마음과 생명을 가벼운 미소 하나가 구원했던 것입니다.

암소와 돼지의 차이점

어느 부자가 친구에게 말했습니다.

"이봐, 친구! 내가 죽으면 전 재산을 사회나 자선단체에 기부하겠다고 약속했는데도 왜 사람들은 나를 구두쇠라고 비난하는지 모르겠어."

그러자 친구가 말했습니다.

"이보게 친구. 암소와 돼지의 차이점을 아나? 하루는 돼지가 암소에게 자기가 왜 사람들에게 인기가 없는지 모르겠다고 불평을 말했지. 사람들은 항상 너의 부드럽고 온순함을 칭찬하지, 물론 너는 사람들에게 우유를 만들어 주지, 하지만 난 사람들에게 햄, 가죽까지 남겨주고 심지어는 발까지 식탁에 올려주는데도 날 좋아하지 않는단 말야. 도대체 인간들은 왜 그러는지 모르겠어?"

그러자 암소는 잠시 생각해 보더니 말했습니다.

"그건 말이야. 내가 살아있으면서 사람들에게 유익한 것을 제공하기 때문이겠지! 그게 다른 점일 게다."

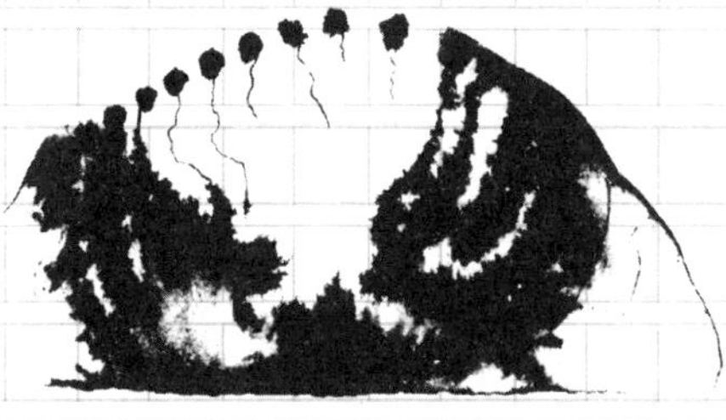

겨 묻은 개

영국의 어느 빵집에서 일어난 일입니다.

이 빵집에는 매일 아침 버터를 납품하는 농부가 있었는데 아무래도 정량이 미달인 것 같았습니다.

그래서 버터를 저울에 달아보았더니 아닌게 아니라 버터마다 조금씩 정량이 미달이었습니다.

결국 빵집 주인은 이 농부를 대상으로 고소를 했고 농부는 재판정에 서게 되었습니다.

심문을 하던 재판관은 깜짝 놀랐습니다. 이 농부에게는 몇 마리의 젖소가 있었는데 저울이 없었습니다. 그래서 매일 빵집에서 갔다 먹는 빵의 무게를 기준하여 버터를 잘랐던 것입니다.

결국 빵집 주인이 얕은 상술로 좀 더 이익을 남기기 위해 정량을 속였던 것이 밝혀져서 자기 잘못을 탓하지 않고 남의 잘못만

들추어내는 꼴이 되었던 것입니다.

'뭐 묻은 개가 겨 묻은 개'를 탓한다는 말을 되새겨 볼 일입니다.

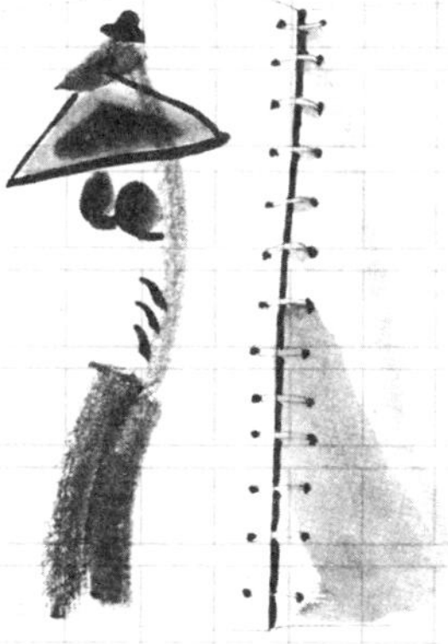

구두쇠와 노랑이

좌의정 벼슬에 있는 정홍순에게 시집보낼 과년한 딸이 있었습니다.

혼사를 앞둔 그는 부인에게 혼수감을 준비하려면 얼마나 필요하겠느냐고 물었습니다.

"대충 잡아도 팔백 냥은 있어야 할 것 같아요."

"그럼 잔치 비용은 얼마나 들겠소?"

"이것저것 따져보니 사백 냥은 족히 들겠지요."

"내가 모두 알아서 준비하겠으니 부인은 지켜만 보시지요."

그러나 혼인날이 닥쳐와도 혼수감이 들어오지 않았습니다. 다급해진 부인이 닦달하자 좌의정 정홍순은 태연하게 거짓말을 했습니다.

"거, 이상하군. 장사치들이 깜짝 잊은 모양이구료. 그러니 할 수 없지 않은가. 헌옷이라도 잘 손질해서 입혀 보내시오."

드디어 잔칫날이 되었습니다. 그러나 손님을 접대할 음식은 고사하고 고기 한 점 들어오지 않았습니다.

좌의정 정홍순이 태연하게 말했습니다.

"음식을 맞춘지 오래되어서 장사꾼들이 또 잊은 것 같소. 오늘 당장 잔치를 치러야 하니 소인배들과는 다툴 수 없고 우선 집에서 음식을 만들어 하객들을 대접하시오."

어느 날 문안 인사차 사위가 왔습니다. 저녁이 되자, 장인은 또 다시 인색함을 드러냈습니다.

"그만 돌아가게. 집에 가서 저녁을 먹게나."

사위는 장인의 인색함을 이미 알고 있었으나 너무하다는 생각이 들었습니다. 두 번 다시 처갓집은 찾지 않겠다고 결심하고 발길을 뚝 끊었습니다. 사위와 장인 사이에 왕래가 끊긴 채 몇 해가 흘렀습니다.

그런 차에 어느 날 정홍순은 딸 내외를 불러 앞세우고 그리 멀지 않은 새 집 앞에서 발걸음을 멈추었습니다.

"너희들 혼례 때 드는 혼수감과 잔치 비용이 일천이백 냥이 필요했다. 너희들 생각에는 혼사를 소홀히 했다 하여 섭섭함이 컸을 것이나 그 동안 쓰지 않고 늘려서 마련한 것이 이 집과 저 논밭이다. 이만하면 너희들은 평생을 걱정하지 않고 살아갈 수 있을 것이다."

부모의 깊은 뜻에 사위와 딸은 고개를 숙였습니다.

부호富豪의 사고방식

마리 샹탈이라는 부호가 롤스 로이스(세계 최고급 자동차)를 구입한지 2주일도 채 안 되서 팔아버리겠다고 말했습니다.

친구 : "아니 벌써 팔겠다는 거야. 아직 새 차인데?"

부호 : "그런데 말이야. 자동차 재떨이가 꽉 찼지 뭐야."

상부상조

어느 날 재벌에게 어린 시절의 친구가 찾아왔습니다.

그 친구는 아주 딱한 형편에 놓여 있다는 것을 금방 알아볼 수 있을 정도로 남루한 차림을 하고 있었습니다.

재벌은 우선 자기 그룹이 경영하고 있는 식당으로 데리고 가서 맛있는 음식을 마음껏 먹도록 하였습니다.

그리고는 돈을 두둑히 주고는 자기네 호텔에 묵도록 친절을 베풀었습니다. 내일부터는 아주 멋진 일을 할 수 있도록 주선해 주겠다는 약속까지 하며 친구를 안심시켰습니다.

그런데 이튿날 친구는 오지 않았습니다.

호텔 지배인을 불러서 이러이러한 손님이 묵었을텐데 지금 무엇을 하고 있느냐고 물었습니다.

그런데 유감스럽게도 밤 사이에 그 친구는 급체로 세상을 떠났다는 것이었습니다. 그가 좀 더 일찍 재벌 친구를 찾아 갔더라면 아마도 생명을 잃는 일은 없었을지도 모릅니다.

세상을 살면서 누군가와 상의를 하고 협조를 구할 필요가 있을 때는 늦기 전에 기회를 만드는 것도 삶의 한 방법임을 생각해 볼 필요가 있습니다.

명성과 마음

장자(莊子)가 몇 년 동안을 어느 마을에서 살고 있다가 갑자기 그 곳을 떠나야겠다고 제자들에게 말했습니다.

이에 제자들은 놀라며 말했습니다.

"왜 떠나시려고 합니까? 저희들은 그 이유를 모르겠습니다. 지금 모든 일이 잘 되어가고 있고 편안한데 말입니다. 사실 이제서야 우리는 편안하게 지낼 수 있게 되었습니다. 그런데 스승님께서 떠난다고 하십니다. 대체 어찌된 일이옵니까?"

장자가 말했습니다.

"이제 사람들이 나를 알기 시작했다. 내 명성이 퍼지고 있다. 명성이 생길 때 주의해야 한다. 그 이유는 머지 않아 나를 존경하고 따르던 사람들이 비방하기 때문이다. 그래서 나는 그들이 나를 비방하기 전에 떠나려는 것이다."

명성이 비방으로 변하는 때가 옵니다. 성공이 실패가 되는 경우도 옵니다. 늘 중간에 머물러야 한다는 자기 관리를 기억해 두는 편이 좋습니다. 우리의 삶은 끊임없는 주의가 필요합니다. 그렇지 않으면 마음이라는 것은 성공해 있을 때 왜 더 성공하지 못하는가 하는 욕망에 사로잡히게 됩니다.

마음이 말합니다.

"당신은 성공했다. 그러나 그것이 당신의 전부는 아니잖는가? 왜 더 성공하려 하지 않는가? 앞길은 평탄대로이다. 어느 누구도 방해하려 하지 않는다. 왜 더 성공하려 하지 않는가?"

마음은 강박적입니다. 항상 집착합니다. 마음은 휴식이 없습니다. 어떤 면에서 마음은 악마적이기도 합니다. 그러므로 너무 마음을 믿어서는 안 된다는 것을 기억하시기 바랍니다.

우정의 체온

세 사람의 나그네가 눈보라 속에서 들길을 헤매고 있었습니다. 온 세상이 눈으로 덮여 길이 묻혀 버린 것입니다.

이미 날은 저물었고 인가마저 찾을 길이 없었습니다. 그때 일행 중 한 사람이 눈 위에 쓰러졌습니다.

그러자 한 사람이 자기 자신도 지쳐 죽을 지경이었지만 쓰러진 사람을 부축하며 다른 사람에게 도움을 청했습니다. 그러나 그는 별 볼일 없다는 듯이 혼자 달아나며 큰 소리로 말했습니다.

"이런 매서운 눈보라 속에서 헤매다가는 죽고 말 걸세. 어서 자네도 몸이나 돌보게."

남은 사람은 하는 수 없이 혼자서 쓰러진 사람을 들쳐 업고, 인가를 찾아 헤매는 동안에 날이 밝았습니다. 그 사이 등에 업혀 있던 사람도 기운을 차려 혼자 걸을 수 있게 되었습니다.

이제는 떠오르는 햇빛으로 온 세상이 밝아졌습니다. 이미 눈보라도 멈추어 천지가 하얗게 빛나고 있었습니다. 그때 두 사람은 고목나무 아래 혼자 달아났던 친구가 쓰러져 있는 것을 발견했습니다. 지난밤의 매서운 추위를 견디지 못하고 꽁꽁 언 채로 죽어 있었습니다.

살아남은 두 사람은 서로의 체온이 합해져 몸을 녹였으므로 혼자보다 따뜻했을 것입니다.

진실과 거짓

어떤 제자가 스승에게 물었습니다.

"진실과 거짓은 얼마나 먼 거리입니까?"

그러자 스승이 대답했습니다.

"그야, 한 뼘도 안 되지."

제자는 깜짝 놀라며 다시 물었습니다.

"이해할 수가 없습니다. 한 뼘도 안 되다니요? 무슨 말씀입니까?"

스승이 조용한 음성으로 말했습니다.

"귀와 눈의 거리가 곧 거짓과 진실의 거리다. 그대가 귀로 듣는 모든 것이 바로 거짓이다. 그러므로 듣는 것은 거짓이요, 보는 것은 진실이라는 뜻이다."

침착함의 지혜

어느 나라의 공주님이 악당에 의해 높은 탑 꼭대기 작은 방에 갇혔습니다. 단 하나뿐인 계단은 이미 악당이 없애서 날개라도 달지 않는 한 그 탑에서 탈출할 수 없었습니다.

공주님의 충성스런 호위병은 어쩔 줄을 모르고 탑 아래서 지키고 있었습니다.

공주님은 호위병을 향해 외쳤습니다.

"내일 이 시각에 탑 아래로 다시 와 주세요."

그런 다음 공주님은 온종일 자기가 입고 있는 비단옷을 풀어서 가느다란 신을 만들었습니다.

다음 날 공주님은 그 비단실을 탑 아래로 내려뜨리고 호위병에게 분부했습니다.

"이 실보다 굵은 실을 구해 이 끝에 이어 주세요."

호위병은 공주님이 시키는 대로 굵은 실을 가져와 비단실 끝에 이었습니다. 공주님은 그 실을 끌어올리며 호위병에게 말했습니다.

“다음에는 이보다 좀 더 굵은 실을 갖다 주세요.”

공주님은 비단실과 조금 굵은 실을 땋아서 그 끝에 더 굵은 실을 묶게 했습니다.

이렇게 공주님은 매일매일 더 굵은 실을 가져오게 하여 마침내 튼튼한 밧줄을 높은 탑 꼭대기까지 끌어올리는 데 성공하였습니다. 이윽고 공주님은 그 굵은 밧줄을 타고 무사히 탑에서 탈출할 수 있었습니다.

생존의 법칙

언젠가 한 마리의 사자와 여우가 함께 식당으로 들어갔습니다. 그들은 자리에 앉자, 여우가 식사를 주문했습니다. 그러나 여우는 1인분만을 시켰습니다.

그래서 웨이터가 물었습니다.

"친구 분은 어떤 것을?"

그러자 여우가 말했습니다.

"무슨 말이오? 그가 배가 고팠다면, 내가 여기 앉아있을 수 있었겠소?"

동문서답

두 절이 서로 이웃해 있었는데, 주지에게는 심부름을 하는 어린 동자가 한 명씩 있었습니다. 가끔 두 동자는 산 아래 마을로 내려가서 절과 주지에게 필요한 물건을 사 오곤 했습니다.

그런데 이 두 절의 사이가 아주 나빴습니다. 그러나 어린 동자들은 역시 개구쟁이 소년들이었기 때문에 그런 관계에 아랑곳없이 길에서 만나면 이야기를 나누며 놀곤 했습니다.

사실은 서로 말하는 것조차도 금지되어 무조건 상대편을 적으로 대해야 했습니다.

그러던 어느 날이었습니다.

한쪽 절의 동자가 돌아와서 말했습니다.

"스님! 저는 어찌할 바를 모르겠습니다. 제가 오늘 마을로 내려가다가 저쪽 절에 있는 애를 만나게 되어 그에게 물었습니다.

'어디 가는 중이냐?' 그러자 그 애가 대답했습니다. '바람 부는 대로.' 저는 뭐라고 대답해야 할지를 몰랐습니다. 그 애의 대답이 저를 당황하게 만들었습니다."

그러자 주지 스님이 말했습니다.

"그것은 바람직하지 않다. 우리 절의 사람은 누가 되던지, 설사 요사체에서 일하고 있는 사람들까지도 저쪽 절의 사람들에게 져본 적이 없었다. 그러니 너도 그 아이에게 무조건 이겨야만 한다. 내일 다시 만나거든 어디 가는 중이냐고 물어봐라, 그 아이가 '바람 부는 대로'라고 대답하면 더는 이렇게 말하면 된다. '바람이 없으면 어떻게 하니?' 하고 말야."

그 동자승은 밤새도록 잠을 이룰 수가 없었습니다.

그는 다음날 무슨 일이 일어날 지를 상상하려고 애를 쓰며 주지가 일러준 말을 여러 번 되새겼습니다. 그가 물어보고 상대편 소년이 대답하면 그때 준비한 질문을 하면 될 것 같았습니다.

다음날 그는 길에서 그 아이를 기다렸습니다. 이윽고 그쪽 절의 소년이 왔을 때 물었습니다.

"어디 가는 중이니?"

그러자 소년이 대답했습니다.

"발 가는 대로……."

그는 어찌할 바를 몰랐습니다. 그의 말은 고정되어 있는데 상대의 대답은 예측할 수 없었습니다.

그는 침울한 표정으로 돌아와서 주지에게 다시 말했습니다.

"그 아이는 정말 믿을 수가 없습니다. 오늘 그의 대답이 바뀌어서 저는 무슨 말을 해야 할지 몰랐습니다."

그러자 주지가 말했습니다.

"내일 그 아이가 '발 가는 대로'라고 하면 너는 '네가 절름거리게 되거나 발이 잘려지면 어떻게 할래?' 하고 물어라."

소년은 잠을 잘 수 없었습니다. 다음날도 그는 일찍 나가서 길에서 기다렸고, 마침내 그 소년이 왔을 때 그가 말했습니다.

"어디 가는 중이니?"

그러자 그 소년이 대답했습니다.

"시장에 야채를 사 오려고!"

그는 매우 혼란스러워져서 돌아와 주지에게 말했습니다.

"그에게는 도저히 안 되겠어요. 그는 말을 바꾸고 있어요."

인과응보

아주 솜씨 있는 재단사가 있었습니다. 어느 날 그는 장물을 갖고 있다고 해서 2년형을 선고받게 되었습니다. 그러자 시장이 그를 만나러 갔습니다. 왜냐하면 그는 도시에서 가장 솜씨 좋은 재단사였기 때문입니다. 온 도시의 시민들이 그의 실수를 용서하고 있었습니다. 그리고 시장 역시 재단사를 사랑했습니다.

시장이 감옥으로 그를 만나러 갔을 때, 재단사는 여전히 바느질을 하고 있었습니다. 그는 낡은 승복을 수선하고 있는 중이었습니다. 그가 할 수 있는 최선의 일이었습니다.

시장이 물었습니다.

"그래 무슨 바느질을 하고 있는가?"

그러자 재단사가 말했습니다.

"예, 인과응보를 깁고 있습지요."

불평의 댓가

한 작은 마을에 구멍가게로 함께 생활하고 있는 할머니와 소녀가 있었습니다.

할머니는 늘 불평불만을 말하는 사람이 가게 안으로 들어서면 소녀를 불렀습니다. 그리고는 낮은 음성으로 속삭였습니다.

"애야, 저 손님이 하는 이야기를 잘 들어보려므나."

그리고는 손님을 맞이했습니다.

"어서 오렴, 봉수야. 오늘은 어떻게 지냈니?"

"그냥 그렇죠. 뭐 재미있는 일이 있어야죠. 날이 너무 더워서 완전히 녹초가 되었어요. 이놈의 여름은 언제 끝날지, 빌어먹을……"

봉수는 짜증이 섞인 목소리로 불만을 늘어놓았습니다. 할머니는 가볍게 고개를 저으며 소녀를 바라봅니다.

봉수가 돌아가자, 윗동네 농장 주인이 들어와 볼멘소리를 합니다.

"이놈의 황소가 오늘 따라 왜 이렇게 말을 듣지 않는지, 원! 종일 일해 봐야 남는 것도 없고…… 사는 일이 지옥이오."

할머니는 고개를 끄덕이며 소녀에게 눈길을 주었습니다. 불평불만을 늘어놓던 사람들이 모두 돌아가자, 할머니는 기다렸다는 듯이 소녀를 향해 말했습니다.

"너도 동네 사람들이 불평하는 소리를 들었지?"

소녀가 고개를 끄덕이자 할머니는 정색을 하며 말했습니다.

"얘야, 너도 어젯밤에 잠을 잤지. 안 그러냐? 너처럼 저들도 잠을 잤을 게다. 또한 그들 모두는 아침에 틀림없이 깨어날 줄 알았을 게다. 하지만, 그렇지 않다는 것을 알아야 한다. 왜냐하면 그들 중에는 불행하게도 일어나지 못한 사람도 있게 마련이지. 잠자리에서 일어나지 못한 사람은 결국 땅에 묻히게 되겠지. 그렇게 죽은 사람들은 조금 전 봉수가 그토록 짜증스러워한 더운 여름 날씨를 몇 분이라도 즐기고 싶었을 것이다. 또 밭갈이가 힘들다고 불평하던 농장 주인은 한 번만이라도 더 땅을 파고 싶었을 게다. 그러니 자기가 하고 있는 일이 마음에 들지 않는다고 불평을 해서는 안 된다. 정말 불만스럽거나 하기 싫으면 다른 일을 해라. 그것마저 여의치 않다면 네 생각을 바꿔라. 절대로 불평은 해서는 안 된다. 얘야, 명심하거라."

할머니의 가르침에 소녀는 훗날, 극작가이며 프로듀서로 명성을 얻었습니다.

욕심의 변증

옛날 어느 나라에 왕이 살았습니다. 왕은 자신이 원하는 것은 모두 가지고 있었습니다. 부와 권력, 그리고 건강까지, 그는 왕비를 사랑했고 왕자를 사랑했습니다. 하지만 그는 행복은 갖지 못했습니다. 왕은 왕좌에 앉아 있다는 것이 너무나 슬프고 괴로웠습니다.

그래서 왕은 불행했습니다. 마침내 '나는 기필코 행복을 갖고 말겠다.'는 결심을 했습니다.

왕은 전의를 불렀습니다.

"나는 행복을 원한다. 나를 행복하게 만들라. 그러면 내 그대에게 많은 부를 주겠노라. 그러나 만일 나를 행복하게 만들지 못한다면, 그대의 목숨을 내게 바쳐야 할 것이다."

전의는 당황하지 않을 수 없었습니다. '어떻게 왕을 행복하게 만들 수 있단 말인가?' 이 세상 어느 누구도 그 방법을 아는 사람이 없었습니다. 왕을 행복하게 만들 수 있는 사람은 아무도 없었습니다. 그러나 왕은 몹시 흥분해 있었고, 자신을 정말로 죽일지도 모르는 일이라고 전의는 생각했습니다.

"시간이 좀 필요합니다, 전하. 경전을 뒤져볼 수 있도록 내일 아침까지 시간을 주십시오."

신하는 밤새도록 뜬 눈으로 궁리를 했습니다. 아침이 밝아오자 겨우 한 가지 결론을 내릴 수 있었습니다. 그는 궁궐로 달려가 왕에게 말했습니다.

"아주 간단합니다."

그는 밤새도록 경전을 뒤져 보았지만, 어디에도 행복에 대해서 언급한 내용을 발견할 수 없었습니다. 그것은 실로 어려운 인간의 세계였습니다. 그러나 그는 한 가지 묘안을 생각해 낼 수 있었습니다.

"전하의 위엄이 바로 행복을 가로막는 장애물입니다. 전하께서 행복하려면 행복한 사람을 찾아내서 그 사람의 속옷을 입으셔야 합니다. 그러면 전하께서는 행복하게 되고, 행복이 무엇인지를 알게 될 것입니다."

왕은 매우 기뻤습니다. 행복한 사람의 속옷을 구해서 입는 것쯤은 쉬운 일이라고 생각했습니다.

왕은 신하에게 명령했습니다.

"어서 행복한 사람을 찾아 그의 속옷을 가져 오라. 서둘러라!"

왕의 명령이 떨어지기가 무섭게 신하는 서둘러 달려 나갔습니다. 그는 멀리까지 부자를 찾아가 그의 속옷을 요구했습니다. 그러나 부자는 이렇게 말했습니다.

"당신이 원하는 속옷을 내드릴 수는 있습니다. 얼마든지 드릴 수 있지요. 하지만 나는 행복하지 못합니다. 나는 불행한 사람입니다. 이제부터 나도 행복한 사람의 찾아 하인을 보낼까 합니다. 당신은 맡은 임무를 잊지 마십시오."

신하는 많은 사람들을 찾아다녔습니다. 그 누구도 행복하다는 사람은 없었습니다. 그래서 그들 모두는 죽음을 각오하고 있어야만 했습니다.

"왕이 행복하게 될 수만 있다면, 우린 기꺼이 목숨이라도 내놓겠다. 도대체 어떤 속옷일까? 우리는 생명을 바칠 수 있지만,

속옷은 구할 수 없지 않은가? 우리는 전혀 행복하지가 않아."

신하는 탄식에 빠졌습니다. 어떻게 해야 될 것인가? 이제 그는 왕의 명령을 거역하는 신하의 몸으로 죽음을 기다려야 했습니다. 그때 누군가 말했습니다.

"너무 걱정하지 마시오. 내가 행복한 사람을 알고 있으니까요. 바로 저 강가에서 피리를 부는 사람인데, 당신도 그 소리를 들으면 알 수 있을 것이오."

"그래요. 저도 한밤중에 매혹되곤 했지요. 그렇게 아름다운 음률…… 아, 그는 대체 누구일까? 그는 어디에 살고 있을까?"

"우리 함께 찾아보도록 합시다. 그는 매일 밤 강가로 나옵니다."

그리하여 그들은 밤을 기다렸다가 강가로 나갔습니다. 아닌게 아니라, 어떤 사람이 어둠 속에서 피리를 불고 있었습니다. 피리 소리는 너무나 아름다웠으며 음률은 행복감에 넘쳐 있었습니다. 신하는 자신도 모르게 외쳤습니다.

"이제서야 그 사람을 찾았다!"

그들이 다가가자, 그 사람은 피리 불기를 그쳤습니다. 나직

한 음성으로 그가 말했습니다.

"원하는 게 무엇이오?"

이에 신하가 되물었습니다.

"당신은 행복하오?"

그러자 그 사람이 대답했습니다.

"나는 행복하고 즐겁소, 그런데 당신은 무엇을 원하오?"

신하는 기쁨에 넘쳐 춤이라도 추고 싶었습니다.

"당신의 속옷을 주셔야겠습니다."

이 말에 그 사람은 침묵했습니다.

신하가 다시 말했습니다.

"왜 침묵하시오? 당신의 속옷을 주시오. 왕께서는 당신의 속옷을 필요로 하오."

그 사람은 잠시 무언가를 생각하는 표정을 지우며 말했다.

"그건 불가능하오. 왜냐하면 나에겐 속옷이 없기 때문이오. 어둡기 때문에 당신은 날 볼 수 없지만, 난 지금 벌거벗은 채 앉아 있소. 내겐 속옷이란 게 없소, 내 목숨은 줄 수는 있지만 없는 속옷을 어떻게 준단 말이오."

신하가 말했다.

"그렇다면 어째서 당신이 행복하단 말이오? 어떻게 당신이 행복할 수가 있소?"

그 피리 부는 사람이 대답했습니다.

"이미 나는 모든 것을 잃었소. 이 세상에서 속옷까지도 남김없이 잃어버리자, 비로소 나는 행복하게 되었소. 정말 나는 가진 게 아무 것도 없단 말이오. 나는 나 자신조차도 가지고 있지 않소. 지금 이 피리도 내가 불고 있는 게 아니라 '전체'가 나를 통해서 불고 있는 것이오. 나는 비존재, 무(無)이며, 그 누구도 아니오……."

조화의 값

어느 미국인이 피카소가 그린 초상화를 갖고 싶어했습니다. 그는 피카소가 어마어마한 값을 요구하리라는 것을 알고 있었으며 그도 그 만큼의 돈을 지불할 수 있는 능력을 가지고 있었습니다. 그는 거의 재벌에 가까운 사람이었습니다. 그래서 그들은 처음부터 그림의 가격을 정하지 않았습니다.

피카소는 주문대로 그의 초상화를 그렸으며, 초상화가 완성되었을 때 피카소는 정말 엄청난 액수를 요구했습니다. 미국인은 깜짝 놀랐습니다. 그와 같은 작은 초상화, 몇 가지의 빛깔만이 칠해진 캔버스에 그만큼 많은 값을 요구할 줄을 몰랐습니다.

놀라지 말라. 피카소가 요구한 금액은 1만 달러였습니다.

미국인이 말했습니다.

"너무 비싼 것 같은 생각이 듭니다. 어디에 일만 달러의 가치가 있다는 것입니까?"

그러자 피카소가 말했습니다.

"당신의 눈에는 무엇이 보입니까?"

부자가 대답했습니다.

"내 눈에 보이는 것은 캔버스와 몇 가지의 빛깔뿐입니다."

"좋습니다. 그러면 일만 달러를, 아니 당신이 원하는 만큼만 내십시오."

그러자 그가 말했습니다.

"오천 달러를 드리겠습니다."

그가 오천 달러를 주었을 때 피카소는 초상화가 아니라 캔버스와 몇 가지 물감을 건네면서 이렇게 말했습니다.

"자, 가져가십시오. 이것이 당신이 바라는 것이오."

초상화는 캔버스와 몇 가지 빛깔 이상의 어떤 것의 조화입니다. 그것은 하나의 아름다운 조화의 결정체입니다. 피카소가 그림을 그릴 때 물감의 빛깔은 조화를 이루어 생명을 나타내는 것입니다. 그러므로 그 값은 캔버스와 물감의 값이 아니라, 그 값은 물감과 캔버스가 이루어낸 조화의 값이었습니다.

문명의 그늘

공자의 제자 자공(子公)이 길을 가다가 강이 흐르는 마을에 이르렀습니다. 그는 한 노인이 밭에 고랑을 파고 우물물을 동이로 길어다 물을 대고 있는 광경을 보았습니다. 땀을 흘리며 열심히 일했으나 좀처럼 나아지지 않는 것을 본 자공은 노인이 딱해 보여 말을 거들었습니다.

"노인장, 정말 어렵게 농사를 지으시는군요. 하루 백 이랑의 물을 대어도 힘이 들지 않는 기계가 있는데 그걸 이용하시면 어떨까요?"

"어떤 기계가 그토록 훌륭하다는 것인가요?"

"뒤는 무겁고 앞은 가볍게 만들어 물을 길어 올리는 기계이지요. 용수레라고 합니다."

노인은 못마땅하다는 듯한 얼굴을 하다가 그 표정을 부드럽게 바꾸면서 말했습니다.

"우리 선생님께 들은 말이 있습니다. 기계를 사용하게 되면 반드시 기교로운 일이 생기고, 기교로운 생각이 마음을 차지하면 그 마음이 진실을 잃게 됩니다. 마음이 진실을 잃게 되면 그 정신이 불안해지며, 그 정신이 불안해지면 도에 어긋나 편안히 살 수 없다 하였소. 그러기에 내가 기계의 편리함을 모르는게 아니라, 마음이 끌리지 않아 쓰지 않는 것이라오."

노인의 말에 자공은 조용히 머리를 숙여 인사를 하고 다시 길을 떠났습니다.

크리스마스 캐롤

제1차 세계대전 때의 일입니다.

프랑스군과 독일군은 불과 50미터쯤 간격을 두고 깊은 참호 속에 갇혀 맹렬한 싸움을 벌써 몇 달째 계속해 오고 있었습니다.

춥고 쓸쓸한 겨울이 닥쳐왔습니다.

어느 날 프랑스 병사 한 명이 손가락을 꼽으며 무언가 열심히 셈하더니 소리쳤습니다.

"오늘이 크리스마스날이다!"

오래 전부터 그들은 날짜와 요일을 잊고 있었던 것입니다.

그러나 전쟁터의 추위와 긴장감 속에 그 병사의 기쁨은 사라지고 어린 시절의 크리스마스를 생각할 뿐이었습니다.

잠시 후 한 병사의 제안으로 조용히 합창이 시작되었습니다.

"고요한 밤, 거룩한 밤……"

한 병사가 여러 사람의 노래를 중지시켰습니다. 노래를 그쳤는데도 합창 소리는 계속 들려왔습니다.

독일군 참호로부터 흘러나오는 합창 소리였습니다.

"아기 잘도 잔다. 아기 잘도 잔다……"

독일군 참호와 프랑스군 참호 병사들은 번갈아가며 노래를 불렀습니다.

찬 겨울 하늘에는 수많은 별들이 반짝이고 병사들은 하나 둘 노래에 지쳐 깊은 잠에 빠져 들어갔습니다.

행운

어떤 거지가 다 낡은 지갑을 들고 다니며 구걸을 하고 있었습니다. 그는 자신의 신세를 한탄하면서 중얼거렸습니다.

"이 집 주인은 훌륭한 사업가로 오래 전에 큰 부자가 되었지. 거기서 멈췄다면 좋았을 것을, 그랬으면 여생을 편안히 보낼 수 있었을 텐데…… 그런데 그는 외국과 무역을 하기 위해 배를 만들어 바다로 나갔지. 더 많은 돈을 벌려고 말이야. 하지만 큰 폭풍에 배는 뒤집히고 그의 재산은 파도가 모두 삼켜 버렸지. 그의 꿈은 모두 바닷속에 가라앉아 버렸어. 생과 사는 찰라의 순간간과도 같지 않은가. 어째서 사람들은 온 세상을 얻을 때까지 만족할 줄을 몰라. 나 같으면 먹고 입을 것만 충분하다면 더 이상의 것은 바라지 않을 텐데."

그 순간 행운의 여신이 거지 앞에 나타났습니다. 여신이 거지에게 말했습니다.

"네 지갑을 열어라. 내가 금화를 부어 주련다. 단, 지갑에서 떨어지는 것은 금화가 될 것이지만, 땅에 떨어지는 것은 돌이 될 것이다."

"아이구, 고맙습니다. 여신님!"

거지는 머리를 조아리며 황급히 지갑을 벌렸습니다.

"네 지갑은 너무 낡았으니, 꽉 채워서는 안 된다."

행운의 여신의 말이 끝남과 동시에 금화가 그의 지갑 안으로 쏟아졌습니다. 지갑은 무거워지기 시작했습니다.

"만족하느냐?"

"아직은요."

"저런, 지갑이 찢어지려 하지 않느냐?"

"아직 괜찮습니다."

거지의 손이 떨리기 시작했습니다.

"너는 이미 큰 부자가 되었다. 이봐! 지갑이 터지겠구나."

"조금만 더 주십쇼, 조금만 더!"

금화 몇 닢이 더 떨어지자, 그만 낡은 지갑은 찢어져 버렸습니다. 금화들은 거침없이 땅에 쏟아져 모두 돌이 되었습니다.

그러자 행운의 여신은 안타깝다는 듯 혀를 차면서 사라졌습니다. 거지는 찢어진 빈 지갑을 허탈한 모습으로 들고 서 있었습니다.

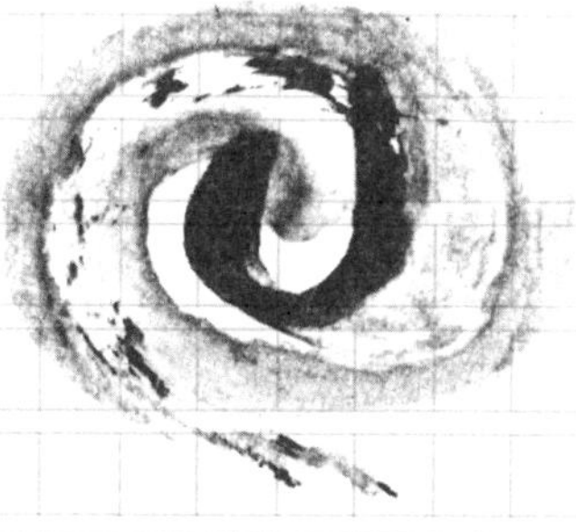

세상만사

밭에서 어머니 일을 돕던 소년이 갑자기 울음을 터뜨렸습니다.

"얘야, 도대체 무엇 때문에 우니?"

어머니의 물음에 소년이 대답했습니다.

"산 채로 땅에 묻힐까봐 겁이 나요."

소년에게 세상의 모든 것이 온통 걱정뿐이었습니다. 번개가 치면 벼락을 맞을까봐 겁났고, 흉년이 들면 굶게 될까봐 겁이 났습니다.

죽으면 지옥에 갈까봐 겁났고, 밖에서 놀면 큰 애들이 귀를 자르자고 덤빌까봐 겁이 났습니다.

팁을 주면 처녀들이 비웃을까봐 걱정이 되었고, 자기와 결혼할 여자는 이 세상에 없는 것 같아 걱정이 되었습니다. 또 결혼식을 마친 후 바로 아내에게 무슨 말을 해야 할지 걱정이었고, 예식장에서 집을 갈 때까지 차 안에서 무슨 얘기를 해야 할지 근심이었습니다.

밭을 갈면서도 지구가 흔들리는 듯한 느낌을 받으며 걱정이 떠나지 않았습니다.

그러나 세월이 흐르면서 경험해 보니 소년이 걱정했던 모든 일은 거의 일어나지 않았습니다.

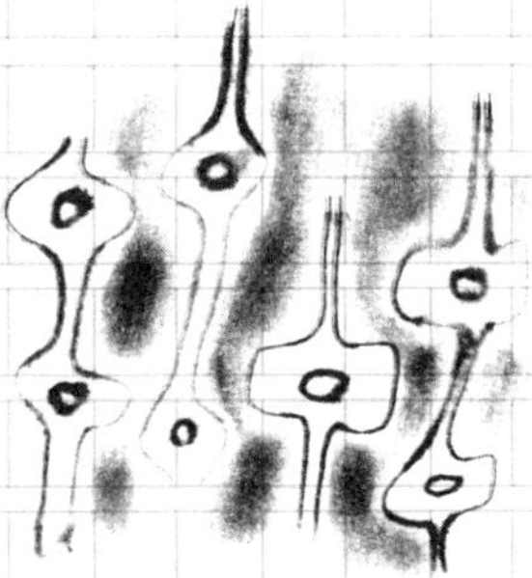

희망의 빛

제2차 세계대전이 막바지에 이르렀을 때 수 천 명의 필리핀 병사들이 일본군에게 생포되어 수용되어 있었습니다.

수용소에는 먹을 것이 부족했고 목욕할 물은 고사하고 쉴 만한 장소도 변변치 않았습니다. 들려오는 포성은 포로들의 생명을 위협했고 전염병이 퍼져 수용자들은 계속 죽어 나갔습니다.

그러던 어느 날 비둘기 한 마리가 철조망 너머로 날아왔습니다.

그 비둘기는 한쪽 날개에 큰 상처를 입고 피를 흘리고 있었습니다. 그들은 즉시 군의관에게 비둘기의 치료를 부탁했습니다. 그때부터 포로들은 비둘기에게 물과 먹이를 주었고 정성과 사랑을 주었습니다.

결국 비둘기는 상처를 회복하였고 포로들은 매우 기뻐했습니다.

이 과정에서 하나의 큰 기적이 일어났습니다.

한 달에 백 명 정도 죽어 나가던 수용소에서 상처 입은 비둘기를 사랑하고부터는 사망률이 60퍼센트나 줄었다는 이야기입니다.

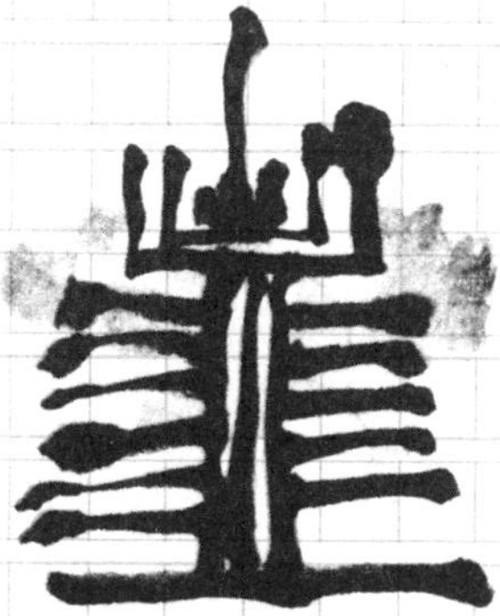

'감사합니다'라는 말

한 바보가 있었습니다.

매사에 알 처리 능력이 없어서 주위 사람들로부터 손가락질만 당했고, 일하는 곳마다 쫓겨났습니다.

이를 지켜본 어떤 지체 높은 사람이,

"이보게! 소용이 있고 없고는 따지지 말고 우선 큰소리로 '감사합니다' 하면서 누구에게든 머리를 숙여보게. 그러면 모두들 즐거워 할 걸세. 그렇게 하면 자네 스스로도 빛이 날걸세. 어서 일터로 다시 가 보게."

지시받은 대로 일터에 들어서면서

"감사합니다."

하고 큰 소리로 말했습니다.

이에 모두들 박장대소하며 비웃었습니다.

"저 바보가 별짓을 다하는군."

하지만 바보는 주위에서 뭐라고 하건 만나는 사람마다 고개를 숙이고 인사를 했습니다.

저녁때는 퇴근하는 사람 모두에게, 아침때는 출근하는 사람 모두에게 인사말로 했습니다.

그런데 이상한 일이 벌어졌습니다. 드디어 한 사람, 두 사람 따라 하더니, 전염이 되듯 모두가 따라 하기에 이르렀습니다.

그러자 일터가 밝아지고 손님들도 모두 좋아했습니다.

어느 날 주인이 부르더니 말했습니다.

"자네는 우리의 자랑스런 직원이다. 여기서 '감사합니다.'라는 인사만 하고 다니게, 평생 직원으로 채용할 테니까."

한 삽의 힘

저수지가 없어 농사는 물론 마실 물조차 어려운 마을이 있었습니다. 마을 사람들은 항상 물걱정을 하면서도 아무 대책 없이 그럭저럭 지낼 뿐이었습니다.

그러던 중에 한 스님이 지형을 살펴보는 듯하더니 언덕 위 빈터에 삽 한 자루를 가져다 놓았습니다. 그리고 그 옆 나무에 지나가는 사람마다 한 삽씩만 땅을 파 달라는 문구를 적어 놓았습니다. 그다지 어려운 일이 아니었기에 마을 사람들은 오고 가면서 한 삽씩 파 주었습니다.

마을 사람들이 들로 일을 하러 나갈 때마다 한 삽씩 파다보니 땅을 파는 것으로 하루를 시작하게 되었습니다.

평지의 땅이 조금씩 패이기 시작했습니다. 비가 오면 빗물이 괴고, 주위로부터 물이 흘러들어 차츰 연못으로 바뀌기 시작했습니다. 그로부터 10여 년의 세월이 흐르자 연못은 커다란 저수지가 되었습니다.

저수지가 완성되면서 척박하던 땅이 옥토로 변하고 많은 수확을 거둘 수 있어 비로소 마을 사람들은 시름을 잊었습니다.

한 권의 책

복잡한 도시생활을 싫어하는 은자가 숲속에서 혼자 살고 있었습니다.

어느 날 친구가 찾아와 책 한 권을 선물로 주고 돌아갔습니다. 은자는 그 책을 책상 위에 놓아두었습니다.

그런데 어느 날, 쥐가 그 책을 갉아먹기 시작했습니다. 은자는 쥐를 쫓아 버리기 위해 고양이를 구해 왔습니다. 하지만 고양이를 키우기 위해서는 우유가 필요했습니다.

그래서 은자는 궁리 끝에 암소를 사육하기로 작정했습니다. 하지만 혼자서 암소를 키우기에는 너무 벅차서 하인을 구해야 했습니다. 한편 하인에게는 살 집이 필요했으므로 이번에는 집 한 채를 따로 지어 주었습니다.

얼마 후에 하인이 결혼을 하자, 아내와 아이들이 생겼고, 그

하인의 집안 가족과 친구들의 왕래가 이어지자, 한 채 두 채 집이 늘어나기 시작했습니다.

그로부터 10여 년의 세월이 흐르자, 적막하던 숲속에 아담한 마을이 생겨났습니다.

어느 날 은자는 산 아래의 마을을 굽어보다가 문득 지난날 세상으로부터 떨어진 자신의 생활이 떠올랐습니다. 그리고는 어쩌다가 이런 형편에까지 이르게 됐는지 생각해 보았습니다.

"한 권의 작은 책이 마을을 만들었구나!"

실수의 교훈

기차를 기다리고 있던 노인이 점심 식사를 하기 위해 역사 안의 식당을 찾았습니다. 식탁에 앉아 음식을 먹으려는데 갑자기 화장실에 가고 싶어졌습니다.

노인은 음식을 놔 둔 채 화장실을 다녀왔습니다.

노인이 돌아와 보니 자신의 식탁 앞에 한 흑인이 앉아 음식을 먹고 있었습니다. 이에 노인은 화가 났지만 남루한 행색에 허겁지겁 음식을 먹고 있는 그에게 아무 말도 할 수가 없었습니다. 왜냐하면 그의 모습이 그의 불행한 삶을 대변해 주고 있는 듯 했기 때문입니다.

노인은 자신의 음식을 먹고 있는 그를 동정의 눈길로 바라보았습니다. 음식을 먹던 흑인이 노인을 보자 빵 한 쪽을 건넸습니다. 노인은 미소를 보이며 받아 먹었습니다.

출발 시간이 되어 플랫폼으로 가는 노인은 순간 가방을 놓고 왔다는 사실을 깨달았습니다. 다시 식당으로 돌아온 노인은 깜짝 놀랐습니다. 노인의 가방이 있던 자리에 음식이 그대로 있는 놓여 있는 것이 아닙니까.

급히 화장실을 다녀온 노인이 자신의 자리가 아닌 다른 자리에 가서 앉았던 것입니다. 노인의 작은 실수로 자신의 음식을 먹고 있다는 착각은 흑인에게 동정을 베풀었고, 그 흑인 역시 자기 음식을 나눠줌으로써 노인을 동정한 것입니다.

정답

지식이 풍부한 학자가 성자를 방문했습니다. 그는 학문이 깊은 위대한 학자였습니다. 그가 성자에게 한 가지 질문을 했습니다.

그러나 성자는 명쾌한 대답을 하지 않았습니다.

"지금은 답할 수가 없소."

학자가 다시 물었습니다.

"왜 대답을 안해 주십니까? 지금은 바쁘시기 때문인가요?"

그는 유명한 인물로 많은 사람들로부터 존경 받는 학자였습니다. 그런데 성자가 자신을 무시하는 것 같아서 몹시 기분이 나빴습니다.

"난 수천 리를 걸어왔습니다."

당시에는 교통수단이 전혀 없었으므로 먼 길을 여행한다는 건 대단히 힘든 일이었습니다. 정말 그는 먼 곳에서 성자를 만나려고 힘들게 걸어왔던 것입니다.

다시 성자가 말했습니다.

"아니오, 그게 문제가 아니오, 난 지금 조금도 바쁘지 않아요. 그러나 당신은 지금 당장 답을 얻을 수가 없다는 것이 문제요."

학자가 물었습니다.

"대체 무슨 말씀입니까?"

"글쎄, 그게 바로 문제라는 거요."

명예 회손

톨스토이가 짧은 이야기 하나를 썼습니다.

어느 날 톨스토이가 날이 새기도 전에 교회에 갔습니다. 그는 깜짝 놀라지 않을 수 없었습니다. 교회 안은 아직도 어두웠지만, 그 도시에서 제일 가는 부자가 기도를 하고 있지 않은가. 십자가 앞에 무릎을 꿇고 고해성사를 올리고 있는데 자기는 죄인이라고 말하고 있었습니다. 이에 톨스토이는 흥미를 느끼기 시작했습니다.

더구나 그 부자는 자기의 죄를 줄줄이 늘어놓고 있는 중이었습니다. 자기가 어떻게 아내를 속였는지, 어떻게 부정을 저질렀는지, 어떻게 다른 여자, 남의 아내와 정사를 가졌는지—

그만 톨스토이는 호기심에 끌려 조금씩 그에게로 다가가 앉았습니다. 그러나 부자는 여전히 커다란 기쁨을 느끼며 지껄이고 있었습니다.

"저는 죄인이옵고, 당신이 용서해 주지 않는다면 구제불능 한 놈입니다. 닥치는 대로 착취를 하고 많은 사람들로부터 훔치며 살아오고 있습니다. 저는 죄인입니다. 이제부터 당신의 은혜가 베풀어지지 않는다면, 저는 어떻게 제 자신을 바꾸어야 할지 알지를 못합니다. 저에게는 아무런 가능성도 없습니다."

그런데 문득 바로 곁에 누가 있다는 것을 깨달았는지 부자는 고개를 돌려 톨스토이를 보았습니다. 이미 날은 밝아 있었습니다. 그러자 그는 벌컥 화를 내며 톨스토이에게 이렇게 말했습니다.

"잘 기억해 두시오! 방금 내가 한 말은 하나님께 한 말이오. 당신에게 한 말이 아니오. 만일 이 사실을 누구에게 지껄이거나 하면 나는 당신을 법정에 고발하겠소. 명예 회손으로 말이오. 그러니 듣지 않는 것으로 해 두는 것이 좋을 거요. 이것은 나와 하나님 사이의 개인적인 대화니까 말이오. 게다가 나는 당신이 거기에 있다는 것조차 몰랐단 말이오."

이렇듯 신 앞에서의 인간의 얼굴은 세상으로 돌아와서는 완전히 다른 얼굴로 바뀌는 모순의 존재입니다.

거래

어느 마을에서 제일 가는 부자가 강을 건너고 있었습니다.

이미 강은 홍수로 범람하여 거센 바람까지 불고 있었습니다. 강물 한복판에서 부자가 타고 있는 배가 뒤집혀 버렸습니다. 사공은 겨우 헤엄쳐 나올 수 있었으나 부자를 구할 수 없었습니다. 결국 부자는 물에 빠져 죽었습니다.

그래서 큰 수색 작업이 벌어졌습니다. 고생 끝에 한 어부가 부자의 시신을 찾아냈습니다. 시체였습니다.

어부는 유가족에게 엄청난 값을 요구했습니다. 그리고 그 이하의 값으로는 절대로 시체를 내주려고 하지 않았습니다. 가족은 그렇게 많은 돈을 지불할 마음이 없었습니다. 그저 시체가 아닌가.

그래서 그들은 어느 이론가, 변호사, 법률 상담자를 찾아가 어떻게 하면 좋겠는가 그 해결책을 물었습니다. 뭔가 법률적으로 손을 쓸 길이 없는가 해서였습니다.

변호사는 말했습니다.

"걱정하지 마십시오. 먼저 수수료를 주셔야겠소. 그런 다음에 방법을 가르쳐 드리리다."

그리하여 변호사는 보수를 먼저 받고 나더니 이렇게 말하는 것이었습니다.

"그대로 조금만 기다리시오. 그 작자도 시체를 다른 사람한테 팔 수는 없지 않겠소? 그러니 끝내는 내주지 않을 수 없을 거요. 어느 누구도 그런 시체를 살 턱이 없으니까요. 그러니 조금만 기다리시오."

2, 3일이 지났습니다. 가족은 그의 조언에 따랐습니다. 어부는 걱정이 되기 시작했습니다. 벌써 시체가 악취를 풍겼기 때문입니다.

그 역시 이쯤해서 마음이 꺾이어 얼마가 되건 저쪽에서 주겠다는 액수대로 받는 것이 나겠다는 생각이 들기 시작했습니다. 아무래도 골치 아픈 일로 되어가기 때문입니다.

다른 사람이 부자의 시체를 살 턱이 없지 않은가. 그 역시도 그것만큼은 알고 있었습니다. 그렇다면 싸게 팔아도 되지 않는가? 그러나 어떻게 하겠다고 정하기에 앞서 그는 법률 상담가를 찾아갔습니다.

같은 변호사였습니다. 그는 말했습니다.

"먼저 수수료를 내시오. 그러면 어드바이스해 드리리다."

그는 보수를 받고 나더니 말했습니다.

"그대로 있으시오. 그들 가족이 시체를 다른 사람으로부터 살 수는 없지 않소. 그들은 당신의 요구를 받아들이지 않을 수 없을 거요."

동병상련

옛날 한 도시에 어떤 마술사가 우물에 이상한 약을 넣었습니다. 그리고 마술사는 말하기를, 만약 그 우물물을 마시는 자가 있다면 미쳐 버릴 것이라고 경고하였습니다. 그 도시에는 우물이 두 개밖에 없었습니다. 하나는 평민들의 것이고, 다른 하나는 왕의 것이었습니다.

저녁이 되자 온 도시 사람들이 미쳐갔습니다. 사람들은 그 우물물을 마시면 미쳐버린다는 사실을 알고 있었지만 마시지 않을 수가 없었습니다. 그 우물만이 그들이 마실 수 있는 유일한 물이었기 때문입니다.

더구나 무더운 여름이 아닌가. 그들이 참을 수 있는 한계란 죽음의 길이었습니다. 얼마 안 가 사람들은 참는 것을 포기했고, 밤이 되자 온 도시가 미쳐갔습니다.

하지만 왕은 행복했습니다. 왕은 궁전 발코니에 올라가 아래를 내려다보았습니다. 그리고 대신들에게 말했습니다.

"우리는 따로 우물을 갖고 있지, 그래서 신에게 감사한다. 온 도시가 미쳐 버렸군 그래."

백성들은 춤을 추며 노래를 부르고, 깔깔거리며 울며 소란을 피웠습니다. 그 광경은 지옥이요, 악몽이었습니다. 온 도시 안의 백성들이 전에는 결코 경험해 본 적이 없었던 일을 겪고 있었습니다.

그러나 왕은 행복에 잠겨 있었습니다. 그때 백성들이 왕궁으로 몰려와 외치기 시작했습니다. 병사들도 도시에 있었기 때문에 그 우물물을 마시지 않을 수 없었습니다.

다만 몇몇 호위병들과 요리사, 하인들, 대신들, 그리고 왕 자신과 왕비만이 미치지 않고 온전했습니다. 하지만 왕은 크게 걱정하지 않을 수 없었습니다.

"어찌하면 좋겠는가?"

대신이 대답했습니다.

"꼭 한 가지 방법이 있긴 합니다. 폐하께서도 그 우물물을 마시는 겁니다. 다른 방법이 없습니다. 서두르시지요."

그래서 왕은 그 우물물을 마셨고, 잠시 후에는 그도 미쳐서 춤을 추기 시작했습니다. 그제서야 군중들이 기뻐하며 소리치며 외쳤습니다.

"아아, 고마우셔라. 신이여! 감사합니다. 우리 왕의 마음이 이제 돌아왔습니다."

연서

한 청년이 같은 마을의 처녀를 사랑하게 되었습니다. 그러나 처녀는 청년의 사랑을 받아 주지 않았습니다. 처녀가 만나 주지 않아도 청년은 하루도 빠지지 않고 애틋한 사랑의 편지를 보냈습니다. 언젠가는 정성어린 편지에 감동 받아 뜻을 이룰 것이라는 염원을 갖고 편지 보내기를 몇 개월, 그러나 처녀에게서는 답신이 없었습니다.

청년은 스승에게 고민을 털어놓았습니다. 이야기를 들은 스승은 청년에게 당장 편지 쓰기를 중단하도록 했습니다. 그 대신 짧은 편지 한 통을 보내고 기다려 보라고 했습니다.

청년은 스승의 말대로 편지 한 통을 썼습니다. 그리고 기다리자, 마침내 그녀에게서 답장이 왔습니다.

'더 이상 궁금해서 못 기다리겠어요. 언제 오시겠다는 것인

가요?'

처녀가 보낸 답장 내용이었습니다.

하루도 빠짐없이 편지를 받던 처녀는 갑자기 편지가 오지 않자 웬일인가 싶었지만 곧 잊어버렸습니다. 그런데 며칠 후 애틋한 사연과는 다르게 아주 짤막한 내용의 편지가 왔습니다.

청년이 보낸 편지는 단 한 줄이었습니다.

'당신의 집 앞 버드나무 밑에서 기다리겠습니다.'

처녀는 망설였습니다. 이 편지에는 기다리는 시간이 쓰여 있지 않았던 것입니다.

처음에는 대수롭지 않게 생각했지만, 시간이 흘러갈수록 집 앞 버드나무 밑에 온 신경이 집중되었습니다. 집에서 나갈 때나 돌아올 때 혹은 부엌에서 일을 하다가도 혹시나 와 있을까 버드나무 쪽을 내다보고 있었습니다.

점점 버드나무에 온 신경이 쏠리기 시작했습니다.

'그 정도의 열정을 가지고 편지를 보낸 남자라면 밤새 기다리고 있을지도 모르지.'라는 생각에 자다가도 벌떡 일어나 창문 밖을 내다보곤 했습니다.

그러나 청년의 모습은 보이지 않았습니다. 이에 처녀는 실망하기 시작했고, 어느 사이에 그리움이 쌓여왔습니다. 끝내 기다리다 못해 청년에게 편지를 보내게 된 것입니다.

사랑의 표현

너무 가난하여 한 끼의 식사를 해결하기 위해서는 콩 반쪽이라도 나누어 먹어야 하는 젊은 부부가 살고 있었습니다.

비록 생활은 빈곤하고 어려웠지만, 부부의 금술만큼은 좋아 사랑과 서로의 격려로 시련을 모두 극복하고 노년에 이르렀습니다.

어느덧 세월이 흘러 노부부는 결혼 50주년을 맞아 금혼식을 하기에 이르렀습니다. 많은 하객들로 하루를 정신없이 보냈지만 두 사람은 무척 행복했습니다.

손님들이 모두 돌아가자, 항상 그랬듯이 노부부는 저녁을 먹기 위해 식탁에 마주 앉았습니다. 온종일 손님을 접대하느라고 지쳐 있었으므로 구운 빵 한 조각에 쨈을 발라 나누어 먹기로 했습니다.

"이렇게 구운 빵을 놓고 마주 앉으니 옛날 일들이 새삼스럽소."

할아버지의 회한에 찬 말에 할머니는 엷은 미소를 지었습니다. 지난 50년 동안 늘 그래왔듯이 할아버지는 빵의 끝부분을 떼어 할머니에게 건넸습니다. 그러자 할머니가 갑자기 얼굴을 붉히며 몹시 화가 난 음성으로 강경하게 말했습니다.

"역시 영감은 오늘 같은 날에도 그 지긋지긋한 빵껍질을 주는군요. 그 동안 당신에게 늘 그것이 불만이었지만, 정말 오늘 같은 날에도 이럴 줄을 몰랐어요."

할머니의 돌연한 태도에 한동안 할아버지는 어쩔 줄을 몰라 했습니다.

"왜 진작에 이야기하지 않았소. 정말 난 몰랐소. 이봐요, 할멈. 사실은 그 바삭바삭한 빵껍질은 내가 가장 좋아하는 부분이었다오."

사랑의 모습

온갖 만행을 일삼은 무자비한 악당이 있었습니다. 사람들은 그를 두려워했고, 마주치는 것조차 꺼려했습니다. 그는 지상의 악마와 다름 없는 존재였습니다.

어느 날 그는 아름답고 청순한 처녀를 발견하였습니다. 그는 생전 처음으로 혼란에 빠져 정신을 잃을 것 같았습니다. 거칠고 나쁜 생각으로 가득 차 있던 그에게 사랑이 찾아온 것입니다.

처녀에 대한 그리움은 걷잡을 수 없이 그의 마음을 흔들어 놓았습니다.

그는 처녀에게 온갖 선물을 보내고 사람을 넣어 청혼했습니다.

그러나 처녀는 그를 너무나 두려워했으므로 단호히 거절했습니다. 이에 악당은 깊은 시름에 빠져 고민과 불면으로 나날을 보내다가 한 가지 묘안을 떠올렸습니다.

그는 세상에서 가장 너그럽고 인자한 모습으로 변장하고 다시 처녀에게 정중히 청혼을 했습니다. 이런 사실을 까마득히 모르는 처녀는 그와 결혼하였습니다.

그 후 그는 결혼 생활을 하는 동안 자신의 본래의 모습을 감추기 위해 피나는 노력을 하지 않으면 안 되었습니다. 잠시도 가면을 벗지 않고 이 세상에서 가장 인자한 사람으로 보이려고 매사에 조심하며 인내의 세월을 살았습니다. 처녀는 그가 그 유명한 악당이라는 사실을 알아채지 못했습니다.

그런 어느 날 악당의 옛 친구가 찾아왔습니다. 그는 친구의 위선적인 모습과 생활을 보고는 용서할 수 없어 그의 사랑하는 아내 앞에서 가면을 무자비하게 벗겨 버렸습니다.

그런데 이상한 일이 눈 앞에 벌어졌습니다.

지난날 가면 속의 인자한 얼굴이 실제의 그의 얼굴과 똑같아져 있었습니다.

결혼 연구

한 여인이 근엄한 목사에게 청혼했습니다. 여자가 남자에게 먼저 청혼하는 예는 지금도 그렇지만, 흔한 경우는 아닙니다. 여인은 목사가 자신을 사랑하고 있다는 것을 눈치 채고 있었습니다.

하지만 아무리 기다려도 목사로부터 대답이 없자, 기다림에 지친 여인이 먼저 청혼한 것입니다.

"잘 생각해 보겠습니다."

정중하게 대답한 목사는 그녀와의 결혼에 대해 본격적으로 연구를 시작했습니다. 마음속으로는 사랑을 느꼈지만, 성직자로서 그는 자신의 감정에 대해 확신을 가질 수 없었습니다.

그래서 그녀에 대한 자신의 감정을 하나씩 분석해 보기로 하였습니다. 그 즉시 서점으로 달려가 사랑과 결혼에 관한 책을 구입하여 열심히 읽었습니다.

그런 다음 결혼에 대해서 찬성하는 의견과 반대하는 의견을 비교 분석하였습니다.

그 동안 많은 시간 심혈을 기울여 분석해 본 결과 결혼을 찬성하는 쪽이 반대하는 쪽보다 점수가 높았습니다. 따라서 그는 그녀와 결혼하기로 결론을 내렸습니다. 자신이 선택한 신중하고 합리적인 결정에 그는 대단히 만족했습니다.

"자, 그렇다면 그녀의 청혼을 받아들이는 것이 옳겠어. 이보다 더 신중한 결론은 있을 수 없어. 내일은 그녀에게 청혼을 해야지. 이 세상에서 가장 은혜로운 결혼을 위해서…"

목사는 다음 날 옷을 멋지게 차려 입고 당당하게 여인의 집을 찾아갔습니다.

하지만 그녀는 집에 없었습니다. 그녀의 아버지가 그를 맞이하며 말했습니다.

"자네가 망설이는 동안 내 딸은 이미 결혼했다네. 벌써 두 아이의 엄마가 되었지. 자네가 너무 늦게 와서 이렇게 되었네. 다 때가 있는 것일세."

아내의 충고

초나라 왕이 어릉에 묻혀 살고 있는 초야의 선비 자종에게 큰 벼슬을 주겠다는 전갈을 보내왔습니다.

이에 자종은 비로소 뜻을 이루었다고 아내에게 말했습니다.

"임금께서 나에게 정승벼슬을 내리겠다는 소식이 왔소. 그렇게 되면 당장에 큰 수레를 탈 수 있고, 먹는 음식도 진수성찬을 마련할 수 있을 것이오."

이런 경우 보통의 여자들은 남편의 출세나 그에 따르는 부귀에 쉽게 유혹되는 경우가 대부분이지만 자종의 부인 생각은 매우 깊었습니다.

"지금까지 비록 신을 삼아 어려운 생활을 꾸려 깠지만, 나는 그 속에서도 행복할 수 있었습니다. 곡간에 쌓여 있는 재물은 없지만, 책이 있습니다. 거문고가 있어 마음을 즐길 여유가 있습니다. 큰 수레를 타거나 맛있는 음식을 매일 먹는다 하더라도 죽을 때는 다를 바가 없겠지요. 일신의 호사를 누리고 진수성찬의 대가로 초나라 전체의 근심과 고통을 떠맡으시렵니까? 다 부질 없는 일입니다. 명을 재촉하는 일에 불과합니다. 가난을 즐기는 것이 선비의 도가 아닌가 합니다."

자종은 아내의 충고에 잠시 잃은 마음의 흔들림을 깨닫고 왕의 사신에게 정중하게 거절하였습니다.

자종은 노후에도 생업인 신을 삼으며 근심 없는 일생을 마칠 수 있었습니다.

여왕과 아내

영국의 빅토리아 여왕이 어느 날 남편인 알버트 경과 말다툼을 했습니다. 가장으로서의 알버트 경은 매우 화가 났으나 상대가 아내라는 관계를 떠나 한 나라의 여왕이므로 감정을 억누르고 자신의 거실로 들어갔습니다.

한편 여왕도 자신의 처사가 심한 것 같아 미안한 마음이 들었습니다. 조용히 남편의 거실 문을 노크했습니다.

"누구요?"

"여왕입니다."

빅토리아 여왕은 위엄을 갖추고 대답했습니다. 하지만 문은 열리지 않았습니다. 얼마 동안을 기다렸지만 아무런 기척도 없었습니다.

"어서 문을 열어욧!"

참지 못한 여왕은 흥분하여 명령하듯 소리쳤습니다.

"누구요!"

또 누구인가를 물었습니다.

"영국 여왕 빅토리아예요."

여왕은 다소 감정을 누그러뜨리고 말했습니다. 그러나 문은 굳게 닫혀 있을 뿐이었습니다.

이제 여왕은 당황하기 시작했습니다. 그녀는 한참을 서성이다가 여자다운 음성으로 말했습니다.

"제발 문을 열어요. 저는 당신의 아내입니다."

그러자 문이 열렸습니다.

어머니의 마음

어느 따뜻한 봄날, 아지랑이 속에서 봄꽃들이 저마다의 화려한 빛깔로 다투어 피었습니다. 마을에서는 화전놀이를 하느라고 아낙네들의 유쾌한 웃음소리가 햇살을 타고 멀리 들녘으로 퍼져 나갔습니다.

그때 늙은 어머니를 등에 업고 꽃구경을 나선 아들이 있었습니다. 새끼줄 같이 구불구불한 들길을 지나고 개울물을 조심스럽게 건너서 풀숲 우거진 산 속으로 들어섰습니다.

아들은 가벼운 숨만 몰아쉴 뿐 아무 말이 없었습니다. 힘겹게 등에 업힌 어머니는 걱정이 이만저만이 아니었습니다.

"얘야, 미안하구나. 무거울 텐데 쉬어가자꾸나."

그러나 아들은 아무 대답도 하지 않았습니다.

깊은 숲길에 이르자, 어머니는 손에 잡히는 솔잎을 따서 조금씩 길에 뿌리면서 갔습니다.

이때 아들이 무거운 음성으로 말했습니다.

"어머님, 왜 자꾸 솔잎을 길에 뿌리십니까?"

"그건 말이다. 너 혼자 돌아갈 때 길을 잃어버리지 않을까 걱정이 되어서 그랬단다. 이제 고만 쉬었다가 가자."

순간 아들의 눈에 눈물이 고였습니다.

아들은 결국 깊은 산 속에 어머니를 버리지 못하고 발길을 돌렸습니다.

어디서인가 뻐꾸기 울음소리가 길게 들려왔습니다.

회초리의 무게

'부모를 먹여 살리는 일이 효도라면, 개나 닭을 먹여 살리는 것과 무엇이 다르랴'라는 옛말이 있습니다.

한나라 사람 한백유는 어른이 되어서도 잘못이 있으면 어머니의 회초리를 맞았습니다.

어느 날 백유는 어머니에게 매를 맞다가 엉엉 울었습니다. 전에 없었던 일인지라 의아하게 여긴 어머니가 그 연유를 물었습니다.

"전에는 어머님이 때리시면 매우 아프더니 이제는 하나도 아프지를 않습니다. 기력이 많이 쇠하셨군요."

생각의 차이

먼 옛날, 한 행상인이 매일같이 왕궁 앞을 지나다니며 부채를 팔고 있었습니다. 그는 자기가 파는 독특하고 멋진 부채에 대해서 허풍을 떨곤 했습니다. 어느 누구도 그가 가지고 있는 부채를 본 적이 없을 것이라는 얘기였습니다.

마침 왕은 세계 각지의 부채를 수집하고 있었기 때문에 부채 행상의 말은 왕의 흥미를 끌었습니다.

어느 날 왕은 그 독특하고 멋진 부채를 보기 위해 궁궐 발코니에 나와 행상인을 내려다보았습니다. 왕이 보기에는 보통 부채와 다름이 없었고 한푼의 값어치도 없어보였지만, 그 행상인을 불러들였습니다.

"그 부채의 특징이 무엇이냐! 또 값은 얼마냐?"

"네, 전하! 얼마되지 않습니다. 이 부채의 질에 비하면 값은 아무것도 아니죠. 부채 하나에 백 루피[1]만 내십시오."

"이 엉터리 같은 싸구려 부채는 어디에서든지 구할 수가 있는데 백 루피라니? 도대체 이 부채의 특징이 무엇인가?"

"물론 질입니다. 이 부채는 백 년 동안 보증되어 있습니다. 백 년이 지나도 절대로 망가지지 않습니다."

"아무리 보아도 일주일 이상은 견디지 못할 것 같은데 나를 속이려는 것은 아니겠지?"

"전하, 제가 어찌 감히 그럴 수가 있겠습니까? 전하께서도 잘 아시다시피 발코니 밑을 매일 지나다니며 부채를 팔고 있지 않습니까? 부채의 가격은 백 루피이고, 만약 백 년 동안을 쓰지 못한다면, 제가 책임을 지겠습니다. 날마다 저는 거리에 나타날 것입니다. 게다가 전하께서는 이 나라의 통치자이신데 어떻게 제가 전하를 속이고 살아남겠습니까?"

그리하여 부채는 부르는 값에 팔렸습니다. 한편으로 왕은 행상인을 믿지는 않았지만, 그에게 어떤 궁리가 있어 그러한 말

---

1) 주 : rupee 인도·파키스탄·스리랑카의 화폐 단위. 1달러가 약 9루피

들을 했는지 무척 궁금하지 않을 수 없었습니다.

그는 7일만에 왕을 배알하라는 명령을 받았습니다. 그런데 부채는 중심 부분이 3일 만에 떨어져 나갔고 일주일이 채 안 되어 형태까지 잃어버렸을 정도로 망가져 버렸습니다.

사실 왕은 행상인이 다시는 나타나지 않으리라고 확신하고 있었는데, 7일 만에 약속 시간을 맞추어 자진해서 찾아와 놀라게 했습니다.

"부르셨습니까, 전하."

"이 무엄한 놈, 저기 네놈의 부채가 있다. 갈기갈기 찢어져 형태조차 알아 볼 수가 없다. 7일만에 저 모양이 되었는데 네놈은 백 년 동안 보증한다고 했겠다. 네놈은 미친 놈이 아니면 사기꾼이 틀림없지?"

그러자 부채 장수는 겸손하게 대답했습니다.

"존경해 마지 않는 전하, 제가 보기에는 전하께서 부채를 사용하실 줄 모르시는 것 같습니다. 이 부채는 꼭 백 년 동안 무사해야 하고, 또 그렇게 보증되어 있습니다. 도대체 어떻게 부채질을 하셨습니까?"

"이런 세상에, 이제 와서 새삼스럽게 부채질을 배워야 한다니!"

"제발 화를 내지 마십시오. 어째서 이 부채가 7일 만에 이 꼴이 되었습니까? 어떻게 부채질을 하셨기에?"

그러자 왕은 부채를 들고는 그에게 보통 때처럼 부채질을 하듯 좌우로 흔들며 부채질하는 모습을 보여주었습니다.

그러자 행상인이 말했습니다.

"아! 이제야 알 것 같습니다. 절대로 그렇게 부채질을 해서는 안 됩니다."

"도대체 그럼 어떤 방법이 있단 말이냐?"

행상인이 침작한 어조로 설명했습니다.

"부채는 가만히 머리 앞에 두시고 머리를 좌우로 움직이셔야 합니다. 그러면 부채는 백 년 동안 무사할 것입니다. 전하께서 돌아가시더라도 부채는 그대로 보존될 것입니다. 부채에는 아무런 잘못이 없습니다. 부채를 사용하는 방법에 잘못이 있었던 것입니다. 부채는 가만히 놔두시고 머리를 좌우로 움직이십시오. 이 부채의 어디가 잘못됐다 하십니까? 잘못은 전하께 있습니다."

바늘 찾기

어느 날 저녁 무렵이었다. 사람들은 라비아 할머니가 오두막 집 앞 큰길에서 뭔가를 찾고 있는 모습을 발견했습니다. 이를 본 사람들이 한 사람씩 모여들었습니다. 가난한 라비아 할머니가 뭔가를 열심히 찾고 있었기 때문이었습니다.

"라비아 할머니, 무슨 일이세요? 뭘 그렇게 찾고 계세요?"

"내가 아끼는 바늘을 잃어버렸다오."

그 말을 듣자 사람들은 그녀를 도와 바늘을 찾기 시작했습니다.

얼마 후에 한 사람이 말했습니다.

"라비아 할머니, 날이 어두워져서 안 되겠어요. 이제 곧 밤이 될텐데 이 넓은 길에서 그 작은 바늘을 찾을 수 있겠어요? 그렇잖으면 바늘을 어디다 떨어뜨리셨는지 말씀해 주시면 쉽게 찾을 수 있을 텐데요."

그러자 라비아 노파가 말했습니다.

"그건 묻지 않는게 좋아. 그런 질문이라면 아예 시작도 하지 말아요. 그대들이 진정으로 날 돕고 싶다면 불필요한 말은 묻지 말고 그냥 돕도록 해요. 그렇지 않으면 다들 돌아가요."

의아하게 생각한 사람들이 그 자리에 서서 노파를 바라보았습니다. 그들은 바늘을 찾고 있는 이웃 사람들이었습니다.

"왜 그러세요? 그걸 물으면 왜 안 된다는 거죠? 할머니가 바늘을 어디에 떨어뜨렸는지 정확히 말씀해 주시지 않는다면 어떻게 도와드릴 수가 있겠어요?"

그러자 라비아가 말했습니다.

"바늘은 정확히 집안에 떨어뜨렸지."

"예? 그럼 이런 미친 짓이 어디 있어요? 집안에 바늘을 떨어뜨려 놓고 왜 여기서 그걸 찾느라고 난리를 피워야 해요?"

그러자 라비아가 능청스럽게 말했다.

"여기가 밝기 때문이지, 집안은 너무 어두워 아무 것도 보이지 않는단 말야."

누군가가 물었습니다.

"아무리 여기가 밝다고 하지만 떨어뜨리지도 않은 바늘을 어떻게 찾을 수 있단 말예요? 집안에다 불을 밝혀 놓고 거기서 찾아야죠."

라비아가 웃으며 자신 있게 말했습니다.

"작은 일에는 참 똑똑한 친구들이군. 그렇다면 자신의 내적 삶을 위해서는 그처럼 지혜로울까? 그대들은 늘 밖에서만 찾고 있지. 그대들이 찾고 있는 그것은 사실 안에서 잃어버린 것들이 아니야? 그대들은 은총을, 구원을 찾고 있지. 그건 안에서 잃어버린 것인데 그대들은 늘 밖에서만 찾지, 그러면서 그대들은 말하지. 우리의 눈이 밖에 있는 것을 쉽게 볼 수 있고, 우리의 손이 밖에 있는 것을 쉽게 집어올릴 수 있으니까, 또 바깥이 밝으니까, 그래서 밖에서만 찾는다고 말이야."

다시 라비아는 말을 이었습니다.

"그대들이 정말 똑똑하다면 생각을 해봐요. 무엇 때문에 바깥에서 은총을 찾는단 말인가? 거기에 그대들의 은총을 잃어버렸는가?"

사람들은 제자리에 서서 말을 잃고 움직일 줄을 몰랐습니다.

지혜의 무게

두 승려가 절로 돌아가고 있었습니다. 해가 뉘엿뉘엿 서산을 넘어갈 무렵 두 승려는 냇가에 이르렀습니다. 그때 한 처녀가 냇가에서 머뭇거리고 있는 모습을 발견하였습니다. 이를 보자 나이 많은 승려는 재빨리 눈을 감아버렸습니다.

계율을 잘 지키기로 이름 난 그는 자신이 색정에 휘말리지 않을까 두려웠던 것입니다. 이러한 난관을 극복하기 위해 선배 수도승은 눈을 감고 앞서서 개울을 건너기 시작했습니다.

그런데 계율을 잘 모르는 젊은 수도승은 처녀에게 먼저 말을 걸었습니다.

"왜 여기 서 계신가요? 금방 어두워질 겁니다. 이 곳은 인적이 매우 드문 곳이오."

그러자 처녀가 수줍게 대답했습니다.

"개울을 건너야 하는데 너무 무서워요. 좀 도와주세요."

마침 장마 뒤라 개울물이 많이 불어 있었던 것입니다. 젊은 승려는 거침없이 말했습니다.

"물이 깊은 것 같으니 제 등에 업히시오."

먼저 개울을 건너 간 나이 많은 승려는 뒤를 돌아보고는 깜짝 놀랐습니다. 수도승이 처녀를 등에 업고 있는 것이 아닌가. 그는 매우 당황하여 마음 속으로 생각했습니다.

'이는 계율에 어긋난 죄다.'

사실 그는 죄의식을 느끼고 있었습니다. 자신이 선배이기 때문에 더욱 그러했던 것입니다. 그는 젊은 수도승을 말렸어야 했습니다. 이와 같은 행위는 명백한 죄악이며, 그 자신은 이 사실을 큰스님에게 고해야 할 책임을 느꼈습니다.

개울을 건넌 젊은 수도승은 그 처녀를 내려놓고서는 선배 수도승을 따라 절을 향해 걷기 시작했습니다. 절까지는 아직 십 리 길이 남아 있었지만 선배 수도승은 화가 나서 아무 말도 하지 않고 묵묵히 걸어갔습니다.

그들은 계속 말없이 걷다가 마침내 절 입구에 이르자, 그때

서야 선배 수도승이 입을 열었습니다.

"자네는 오늘 큰 잘못을 저질렀네. 그것은 금지된 행동이야."

젊은 수도승은 어리둥절해서 물었습니다.

"제가 무슨 잘못이라도 저질렀다는 말씀인가요? 저는 계속 침묵을 지켰습니다. 한마디의 말도 하지 않았어요."

이에 선배 수도승이 말했습니다.

"여기까지 함께 걸어오는 동안을 말하고 있는 것이 아닐세, 자네가 개울에서 업어준 그 처녀에 대해서 말하고 있는 것이네."

그러자 젊은 수도승이 미소를 지으면서 말했습니다.

"저는 그 곳에 이미 처녀를 내려놓았는데 스님은 아직도 그 처녀를 업고 계시는군요."

절반의 가치

수피가 먼 길을 가다가 어느 작은 마을에서 묵게 되었습니다.

이미 그의 이름은 그가 도착하기 전부터 알려져 있었고 명성은 널리 퍼져 있었습니다.

마을 사람들이 그를 맞이하며 부탁했습니다.

"부디 우리들이게 좋은 이야기를 해주시오."

신비가인 수피가 말했습니다.

"나는 현인이 아니오. 나는 어리석은 자이기도 하니까요. 당신들은 나의 가르침에 혼란을 느끼게 될 거요. 그러니 나를 조용히 있게 해 주는 것이 서로를 위해서 좋을 거요."

그러나 그가 어떻게 하려고 하면 할수록 꽁무니를 빼려고 하면 할수록 그들은 고집하는 것이었습니다. 그의 개성적인 말에 더 많은 흥미를 느꼈던 것입니다.

마침내는 그도 꺾이지 않을 수 없었습니다.

"좋소. 그렇다면 이번 금요일에 내가 모스크에 나가겠소."

모스크는 회교도의 마을입니다.

"그래 당신들은 나에게 무슨 이야기를 원하는 거요?"

그러자 그들은 이구동성으로 말했습니다.

"그야 물론, 신에 대한 이야기가 뻔하지 않습니까?"

마침내 그들의 청에 못 이긴 신비가는 모스크에 모습을 나타냈습니다. 이미 온 마을의 사람들이 모여 그를 기다리고 있었습니다. 그는 커다란 화제를 불러일으키고 있었던 것입니다.

그는 설교단 위에 서더니 한 가지 질문부터 하는 것이었습니다.

"당신들은 이제부터 내가 신에 대해 무슨 말을 할 것인가를 아시겠습니까?"

이에 마을 사람들은 대답했습니다.

"아니요. 우리는 당신이 무슨 이야기를 할지 모르오."

그러자 그가 말했습니다.

"그러면 어쩔 수가 없군요. 왜냐하면 전혀 신에 대해 알지 못한다면 당신들은 내 이야기를 이해할 수 없을 거요. 조금쯤은 알고 있어야 해요. 그런데 당신들은 조금도 알고 있지 못한다고 하니 말해 봐야 소용이 없는 거요. 그래서야 무슨 의미가 있겠습니까. 나는 말하지 않겠소."

그는 모스크를 떠나려고 했습니다.

이에 마을 사람들은 어떻게 할 바를 몰랐습니다. 그들은 다시 한 번 그를 설득하여 다음 금요일에 만날 약속을 받아냈습니다.

약속한 금요일 — 그는 다시 나왔습니다.

이번에는 마을 사람들도 준비되어 있었습니다. 그가 물었습니다.

"당신들은 내가 지금부터 무슨 이야기를 할지 알고 있소?"

그들은 말했습니다.

"예, 물론입니다."

그러자 그가 말했습니다.

"그렇다면 아무런 이야기도 할 필요가 없어요. 만일 당신들이 이미 알고 있다면 끝이 난 거요. 무엇 때문에 당신들은 필요도 없이 나를 괴롭히고, 당신들 역시 다 아는 것을 가지고 시간을 낭비할 것 없잖소."

그는 모스크를 뒤로 했습니다.

그러자 마을 사람들은 도무지 이 남자를 어떻게 다루어야 할지 알 수 없게 되었습니다. 그러나 그들은 더욱 흥미가 돋아 미칠 것 같았습니다.

'저 사람은 뭔가를 숨기고 있는 것이 틀림없다.'

그래서 그들은 다시 한 번 가까스로 그를 달랬습니다. 그는 마지못해 나오더니 똑같은 질문을 했습니다.

"당신들은 내가 지금부터 무슨 이야기를 할지 아십니까?"

그러자 이번 만큼은 마을 사람들도 영리해져 있었습니다.

그들은 이렇게 말했습니다.

"우리들의 반은 알고 있고, 반은 모릅니다."

그러자 그 신비가는 단호하게 말했습니다.

"그렇다면 더 이상 이야기할 필요가 없어요. 반을 알고 있는 사람들이 반은 모르는 사람들에게 말해 주면 되니까요."

'99'의 악순환

가난한 이발사가 있었는데 그는 매우 행복했습니다. 오직 가난한 사람들만이 느낄 수 있는 행복감이었습니다. 그는 매사에 걱정할 일이 없었습니다.

그의 직업은 왕의 부름을 받는 이발사였습니다. 매일같이 왕을 맛사지하고 머리를 매만지는 것이 그의 일과였습니다. 그런데도 그는 행복했습니다. 때때로 왕은 그에게 질투를 느끼면서 물었습니다.

"그대가 항상 행복해 하는 비결은 무엇인가? 그대는 늘 명랑한 표정으로 말하는데 지상에 존재하고 있는 사람과 같지 않다. 마치 날개를 달고 날아다니는 것 같구나. 무슨 비결이라도 있느냐?"

가난한 이발사가 말했습니다.

"저도 그 까닭을 모르겠습니다. 사실 저는 비결이라는 말을 들어본 적도 해본 적도 없습니다. 비결이라니, 무엇을 의미하는 말입니까? 저는 그저 행복할 뿐입니다. 저는 제가 먹을 만큼의 양식을 얻은 다음에는 물러납니다. 그것뿐입니다."

그러자 왕은 아주 박식한 총리대신을 불러 물었습니다.

"경이라면 이발사의 비밀을 알고 있을 것이다. 나는 왕이지만 그리 행복하지 못하다. 그러나 가난한 이발사는 아무 것도 가지고 있지 않으면서 행복해 한다."

총리대신이 말했습니다.

"그 자는 99의 악순환에 대해서는 모르고 있는 듯 싶습니다."

"그것이 무엇이오?"

총리대신은 웃으며 말했습니다.

"전하께서는 그 악순환 속에 계시면서도 그것이 무엇인지 모르십니다. 그렇다면 한 가지 일을 해 보이겠습니다. 오늘밤 그 가난한 이발사의 집에 99루피가 담긴 돈주머니를 던지겠습니다. 그런 다음 무슨 일이 벌어지는가를 살펴보겠습니다."

그들은 99루피를 넣은 자루를 이발사의 집에 던졌습니다.

다음날 그 이발사는 지옥에라도 빠져 있는 듯 괴로워하고 있었습니다. 사실 그는 밤새도록 뜬눈으로 보냈던 것입니다. 그는 자루 속의 루피를 세어 보고 또 세어 보았습니다.

'99루피—'

그는 흥분에 빠졌습니다. 흥분되어 있는데 어떻게 잠을 잘 수 있다는 말입니까. 심장이 뛰고 온몸의 피가 달아올랐습니다. 틀림없이 혈압이 올라갔을 것입니다. 이리저리 뒤척거리면서 잠을 잘 수가 없었습니다. 극도의 흥분 속에 몸을 가누기도 어려울 정도였습니다.

그는 또다시 일어나 황금 루피를 세어 보았습니다. 사실 그는 지금까지 그의 생애를 통해 루피를 세어본 일이 없었습니다. 그런데 문제는 99루피였습니다. 그도 그럴 것이 99를 갖게 되면 100으로 채우고 싶기 때문입니다.

마침내 그는 황금 1루피를 만들기 위해 무엇을 해야 할 것인가를 생각했습니다. 그의 신분으로 황금 1루피는 얻는다는 것은 거의 불가능에 가까운 일이었기 때문입니다.

어떻게 하면 1루피를 벌 수 있을까? 황금 1루피는 그가 한 달 동안 먹지도 않고 벌어들어야 하는 금액이었습니다. 무엇을 어떻게 해야 할 것인가?

여러 가지 방법을 세워보았지만, 그는 가난한 사람이었습니다. 돈에 대해서는 아무 것도 몰랐습니다.

오랜 심사숙고 끝에 한 가지 방법을 생각해 낼 수 있었습니다. 하루는 먹고 하루는 굶는 방법이었습니다. 이런 방법이라면 조금씩 1루피를 모을 수 있는 결론을 얻었기 때문입니다.

이제 100루피는 가난한 이발사의 최대의 목표가 되었습니다. 그러나 인간의 마음은 어리석을 뿐입니다. 변질되면 반드시 어떤 것을 채우려는 욕망이 생기게 됩니다. 마음의 본질은 완전주의자이기 때문입니다.

'99?'

강박관념이 생겨납니다. 그것은 반드시 100루피가 되어야 한다는 자신과의 싸움이었습니다. 그는 너무나 슬펐습니다.

다음날 그는 슬픈 표정으로 집을 나섰습니다. 이미 그는 하늘을 날고 있는 기분이 아니었습니다.

메마른 땅 위를 축 처진 채 목적없이 떠돌고 있는 것 같았습니다. 고통스럽게 땅 위를 걷는 것이 아니라 큰 짐이, 돌과 같은 무게가 그의 어깨를 짓누르고 있는 것 같았습니다.

왕이 물었습니다.

"무슨 일이라도 있는가? 매우 걱정스럽게 보이는군."

이발사는 아무 말도 하지 않았습니다. 왜냐하면 그는 자신이 고통 받고 있는 돈자루에 대해서 어떠한 말도 하고 싶지 않았기 때문입니다.

하루하루가 지나갈수록 그 상황은 더 악화되었습니다. 그는 맛사지도 잘 할 수가 없었습니다. 굶은 탓에 힘이 부족했기 때문입니다.

그러자 왕이 말했습니다.

"지금 그대는 무엇을 하고 있는가? 힘이 전혀 없는 것 같군. 게다가 매우 비참하게 보이는 까닭은 뭔가? 무슨 일이라도 있는가?"

왕이 너무 집요하게 물었기 때문에 불행한 이발사는 모든 것을 말하지 않을 수 없었습니다.

“나는 왕이야. 말해 보게. 내가 그대에게 도움이 될지도 모르잖는가? 연유를 말해 보게.”

그는 말했습니다.

“소인은 99의 악순환에 빠진 희생자가 되었습니다.”

이렇듯 99를 갖게 되면 100이 되기를 갈망하게 됩니다. 결코 멈추지 않는 인간의 욕망은 비극의 시작입니다.

유전 유죄

노자의 제자가 재판을 맡게 되었습니다. 자기가 행한 도둑질을 자백한 도둑에 대한 사건이었습니다. 범죄는 명백했습니다. 도둑은 자백을 했고 훔친 물건도 발견되었습니다.

그러나 노자의 제자는 그 재판을 아주 이상하게 취급하며 판결을 내렸습니다. 그는 도둑에게 6개월의 징역을 선고하고 동시에 도둑을 맞은 사람에게도 징역형을 내렸습니다. 이에 물건을 도둑맞은 부자는 믿을 수가 없었습니다.

'세상에 이럴 수가 있는가! 그는 자기의 물건을 도둑맞은 것인데, 무엇 때문에 벌을 받아야 한다는 말인가!'

노자의 제자는 이렇게 말했습니다.

"당신은 너무 많은 재산을 모았다. 이 문제의 근원을 살펴본다면 그대가 이 사람으로 하여금 도둑질을 하도록 조장한 것이다. 온 마을 사람들은 가난하고 거의 굶주리고 있다. 그런데 그대는 계속해서 재산을 축적하고 있지 않은가. 모든 것에는 한계가 있게 마련이다. 만일 내가 진정한 범인을 찾는다면 바로 그대가 범인이다. 그러므로 이 사건의 원인은 바로 그대로부터 시작되었다. 이 도둑은 그저 하나의 희생물에 불과할 뿐이다. 나는 이 사람이 자기 자신을 억제하지 못한 실수를 알고 있다. 바로 그것이 그의 죄였다. 그러나 그대는 너무 많은 재산을 모았다. 한 사람에 그렇게 많은 부가 집중하여 축적되면 사회는 도덕적으로 유지될 수 없다. 사방에 도둑이 득실거리고 떼강도가 생기고 살인 사건이 민생의 안전을 위협한다. 온갖 패거리로 하여 질서가 무너지고 부패한 사회로 전락된다. 그것은 반드시 생기게 되어 있다."

어느 누구도 재판관의 말을 인정하지 않았습니다. 결국 재판관은 자리에서 물러나게 되었습니다. 그러나 그의 말을 귀담아 들어야 할 필요가 있습니다.

'그대가 너무 부를 모은다면 결국은 도둑을 맞게 될 것이다. 균형을 유지하라. 너무 가난한 것도 나쁜 것이며, 너무 부유한 것도 나쁜 것이다.'

거지의 선물

어느 날 내가 거리를 걸어가고 있었습니다.

그때 늙은 거지가 나의 발걸음을 멈추게 하였습니다. 핏발이 서고 눈물에 젖어 있는 멍청한 눈, 핏기 없는 입술, 누더기 옷, 오물만큼이나 불결한 이곳저곳의 상처…….

이 불행한 인간을 가난과 빈곤이 이토록 추하게 물고 늘어진 것입니다.

그는 부석부석하게 부은 더러운 손을 나에게 내밀었습니다. 그러면서 신음하듯 도와 달라는 것이었습니다.

나는 주머니를 황급히 뒤지기 시작했습니다. 지갑도, 시계도, 손수건도 없었습니다. 무엇하나 가지고 나오지 않았던 것입니다. 그러나 늙은 거지는 끈질기게 기다리고 있었습니다. 내민 손이 가늘게 떨리고 있었습니다.

나는 지금의 내가 빈털터리라는 사실에 매우 난처해져서 그 떨고 있는 불결한 손을 꼬옥 잡았습니다.

"용서해 주시오. 지금 나는 아무것도 가진 게 없어요."

늙은 거지는 나에게 핏발 선 눈길을 보내며 창백한 입술에 웃음을 머금었습니다. 그쪽에서도 나의 힘없는 손을 힘껏 움켜잡았습니다.

"아닙니다. 그런 말씀을 하지 마시오. 분에 넘칩니다. 이것도 고마운 선물인 걸입쇼."

나 또한 이 형제로부터 아름다운 선물을 받았음을 깨달았습니다.

백선행

평양 변두리에 백씨 성을 가진 과부가 살고 있었습니다. 열여섯 어린 나이에 결혼하여 열아홉에 자식도 없이 젊은 과부가 된 불행한 여인이었습니다.

한편 용모마저 박색인데다가 너무 가난하여 삯바느질, 거리 행상, 가정부, 허드렛일 등 안 해 본 일없이 악착같이 돈을 모았습니다.

그 모은 돈으로 땅을 사거나 새로운 장사에 투자하여 재산을 늘려 상당한 재력가가 되었습니다.

젊은 나이에 홀로 된 그녀는 오로지 돈을 모으는 일로 청춘을 바친 것입니다.

많은 돈을 모은 그녀는 결심한 바가 있어 그 재산으로 아름다운 일을 시작했습니다. 교통이 불편한 곳에 도로를 넓히고

다리를 놓았습니다. 또 마을 회관을 지어 기증했으며, 벽지에 학교를 세워 교육 사업을 육성하였습니다.

한편 조만식 선생이 주도하는 물산장려회에 많은 돈을 기부했으며, 만년에는 모든 재산을 가난한 사람과 각종 사회단체에 아낌없이 분배하였습니다. 그래서 세상 사람들은 이 아름다운 선행을 기리기 위해 그의 이름을 백선행(白善行)이라고 부르게 되었습니다.

때로는 젊은이들이 백선행 할머니에게 물었습니다.

"어떻게 하면 할머니처럼 돈을 벌 수 있습니까?"

백선행 할머니는 잔잔한 미소띤 얼굴로 말했습니다.

"뭐 어려운 일이 아니지. 세 가지만 자기와 약속을 지키면 나보다 더 많은 돈을 벌 수 있다네. 첫째 남이 먹기 싫어하는 음식을 먹어야 하고, 둘째 남이 입기 싫어하는 옷을 입어야 하지, 그리고 세 번째는 남이 싫어하는 일을 해야 해. 젊은이도 한 번 노력해 보게."

스승과 제자의 거리

큰스님이 법회를 열자, 그 가르침을 듣고자 전국 각지에서 불자와 많은 신자들이 구름같이 몰려들었습니다. 그들 중에는 도둑이나 강도 등으로 옥살이를 한 전과자들도 끼여 있었습니다. 제자들은 의심의 눈초리로 그들의 행동을 지켜보았습니다.

그런 중에 한 젊은이가 돈을 도둑맞게 되었습니다. 절 안의 사람들이 전과자들을 의심하자 자제들이 찾아갔습니다.

"저희들은 불안해서 견딜 수가 없습니다. 그 전과자들을 큰스님께서 내쫓아 주십시오."

제자들의 말에 큰스님은 고개를 끄덕이며 알았노라 대답했습니다. 그런데 다음 날도 그 다음 날도 전과자들은 계속 법회에 나왔습니다. 제자들은 다시 큰스님을 찾아갔습니다.

"큰스님 혹시 잊어버리셨나 해서 다시 왔습니다. 그 자들을 빨리 처리하여 주시기 바랍니다."

이번에도 큰 스님은 그렇게 하겠다고 고개를 끄덕였습니다. 그러나 전과자들은 여전히 절 안에서 생활하고 있자, 제자들은 또다시 큰 스님에게 부탁했습니다. 하지만 아무리 청을 드려도 큰스님은 어떠한 조치도 취하지 않았습니다. 참다못한 제자들이 떼지어 몰려가 대들 듯이 말했습니다.

"큰스님, 도대체 어찌된 일입니까? 그토록 여러 번 부탁을 드렸는데 그들은 여전히 절 안을 떠나지 않고 있습니다. 이제 저희들은 더 이상 물러설 수가 없습니다. 그 자들을 내쫓지 않으신다면 저희들이 산에서 내려가겠습니다!"

화를 이기지 못한 젊은 제자들이 고개를 쳐 들고 큰스님의 대답을 기다렸습니다.

"정 그렇다면 너희들 마음대로 하려므나. 그대들 같이 정직한 사람들에게 내 가르침은 더 이상 필요 없다. 내가 가르치고자 하는 사람은 그 전과자들 같은 용서 받아야 할 사람이니라. 어떻게 해서든 그들을 바른 길로 인도해 주고 싶은 것이 내 뜻이니 너희 같은 사람들은 더 이상 산에 머물러 있을 필요가 없느니라."

삶의 방법

어느 날, 한 젊은이가 자기 마을에서 멀리 떨어진 오아시스에 갔습니다.

나무 그늘에 앉아 쉬고 있는 노인에게 다가가 젊은이는 물었습니다.

"이 곳에 사는 사람들은 어떤 사람들입니까?"

젊은이의 질문을 받고 노인이 되물었다.

"자네가 살고 있는 곳의 사람들은 어떤 사람들이지?"

"말도 마십시오. 그 곳 사람들은 모두가 이기적이고 제멋대로 사는 사람들뿐입니다. 그 곳을 떠나온 것은 정말 다행이라 생각합니다."

젊은이의 말을 듣고 노인은 말했습니다.

"이 곳 사람들도 그와 같을 거야."

노인은 오하시스에 계속 머물고 있었습니다.

얼마 후 또 젊은이가 물을 찾아 그 오아시스에 들렀다가 노인에게 같은 질문을 했습니다.

"이곳에 사는 사람들은 어떤 사람들입니까?"

노인은 그 젊은이에게도,

"자네가 살고 있는 곳의 사람들은 어떤 사람들이지?"

하고 되물었습니다.

"모두가 좋은 사람들입니다. 정직하고 인정이 많고 친절하지요. 그들과 헤어져 살고 싶지 않습니다."

젊은이의 말을 듣고 노인이 말했습니다.

"이 곳 사람들도 그와 같을 거야."

오아시스 한쪽에서 이 두 이야기를 처음부터 듣고 있던 사람이 있었습니다.

그 사람은 노인에게 퉁명스럽게 말했습니다.

"두 젊은이가 같은 것을 물었는데 왜 당신은 각각 다른 대답을 했지요?"

이 말을 듣고 현명한 노인은 조용히 대답했습니다.

"알겠는가? 사람들은 모두가 자기가 만든 환경 속에서 생활하고 있다네. 먼저 살던 곳을 나쁘게 생각하는 사람은 이 곳에 와서도 역시 좋을 수 없지. 그러나 먼저 살던 곳에서 좋은 벗을 많이 사귀었던 사람은 이 곳에 와서도 역시 많은 벗을 사귀게 될 거야. 타인이라는 것은 우리들이 마음속에 생각하고 있는 대로의 모습으로 우리 앞에 나타나는 걸세. 먼저 젊은이의 마음속에서 '구하라, 그러면 얻게 되리라'고 말하고 싶네."

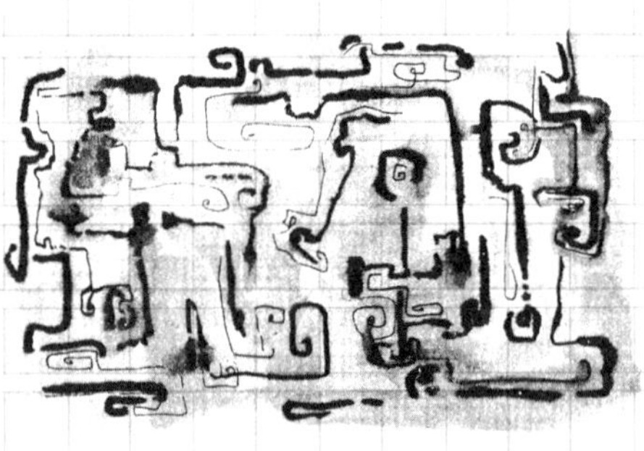

황제와 거지의 인격

세기의 영웅 알렉산더 대왕이 죽은 바로 그날, 위대한 철학자 디오게네스도 죽어 두 사람이 이 세상과 저 세상 사이를 흐르는 강을 건너면서 만났습니다.

디오게네스는 웃으면서 말했습니다.

"보라. 그대 어리석은 자여, 기억하는가? 마침내 그대는 죽었다. 그대는 그대의 꿈이 성취되지도 못한 채 중도에 죽은 것이다. 또한 그대의 승리는 완전하지 못했다."

이에 알렉산더는 체면을 세우기 위해 웃으려 했으나 어색한 표정을 지었습니다.

"이 강에서 위대한 황제와 벌거벗은 거지가 만난다는 사실이 너무나 우습군. 이런 일은 일찍이 없었을 것이고, 앞으로도 다시는 일어나지 않을 거다."

"그대의 말이 옳다. 그러나 그대는 누가 황제이고 거지인지를 모르고 있다. 그대가 틀렸는지 아니면 내가 옳은 것인지, 그대가 옳다. 황제와 거지의 만남이라고 하지만, 지금은 내가 황제이고 그대가 거지라는 사실이다. 그대는 온 세계를 구걸했다. 그대는 일찍이 존재하지 않았던 가장 위대한 거지이다. 지금 그대의 제국에는 무슨 일이 일어났는지를 보라. 하지만 나는 평생을 황제처럼 살았다."

이제 알렉산더도 벌거벗은 상태였습니다. 이 강변에서는 이승의 모든 것은 버려야 하기 때문입니다. 그는 부끄럽고 당황스러웠습니다. 그러나 디오게네스의 태도는 당당하고 침착했습니다.

그는 말했습니다.

"이 세상의 사람은 언젠가 벌거벗어야 한다는 사실을 잘 알고 있었기 때문에 나는 옷을 벗어 던져 버렸다. 이제 그대는 신 앞에서 얼마나 부끄러워하고 있는가. 나는 웃으면서 서 있지만, 그대는 죄의식에 당황하고 있다. 그대 주위에 있는 모든 것이 잘못되었음을 깨달아야 할 것이다."

주인과 도둑의 거래

캄캄한 한밤중 뮬라 나스틴의 집에 도둑이 침입했습니다. 그는 잠을 자는 척하면서 도둑이 하는 짓을 조용히 지켜보고 있었습니다.

뮬라는 다른 사람이 무슨 일을 하든 절대로 간섭하지 않는 것을 생활신조로 하고 있었습니다. 그러니 그의 잠을 방해하지 않는다면 도둑이 하는 일에 간섭을 할 이유도 없다고 생각할 정도입니다.

도둑이 집안의 물건들을 떨어뜨려 요란한 소리가 났는데도 뮬라는 모르는 척 잠만 자고 있자, 밤손님은 이상한 생각이 들었고 걱정도 되었습니다.

'자기 집 물건을 훔쳐가는데 가만히 있다니, 별 이상한 사람도 있군.'

그리고는 황급히 물건들 싸들고 어디론가 향해 바삐 가고 있는데, 돌연 누가 뒤를 따라오고 있다는 느낌을 들었습니다. 깜짝 놀란 도둑이 뒤돌아보니 바로 그 뮬라가 아닌가. 도둑이 당황해 하며 말했습니다.

"왜 나를 따라오는 거요?"

뮬라가 대답했습니다.

"천만에, 무슨 말을…… 나는 당신을 따라가고 있는 것이 아니라 이사를 하는 중이오. 당신이 내 모든 것을 가져갔으니 이제 그 집은 쓸모 없게 돼 버렸소. 어쨌든 나는 가진 것이 하나도 없게 되었으니 돌봐줄 누군가가 필요하단 말이오. 그러니 당신은 물건과 함께 나까지 가져가 주시오."

도둑은 겁이 났습니다. 평생 도둑질만 하면서 살아온 그에게는 처음 당하는 일이었던 것입니다. 도둑은 말했습니다.

"그렇다면 당신 물건을 가져가지 않겠소."

그러자 뮬라가 말했습니다.

"그 일은 당신의 뜻대로 하시오. 하지만 당신은 모든 것을 처음의 제자리에 옮겨야 할 것이오. 내 의견에 반대한다면 경찰을 부르겠소. 나는 신사처럼 품위를 지키고 싶소. 나는 당신을 도둑이라고 생각하기 싫은 거요. 다만 내 집을 정리해 주는 고용인으로 믿고 싶단 말이오."

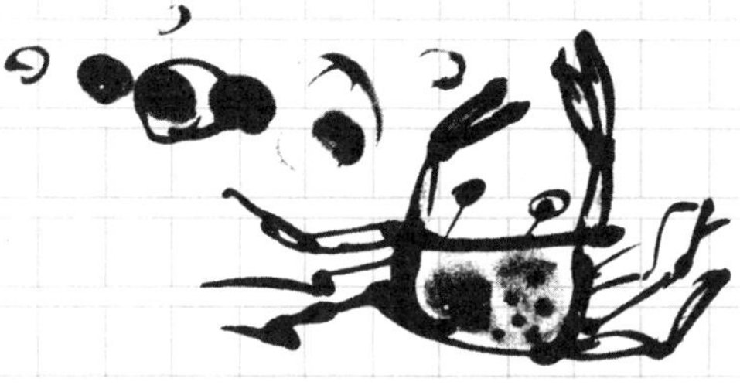

도둑의 자격

왕보다 명성이 자자한 도둑이 있었습니다. 그는 대도였습니다. 어느 날 그의 아들이 그에게 말했습니다.

"아버지, 이젠 아버지도 늙으셨잖아요. 그러니 아버지의 기술을 저에게 전수해 주세요."

아버지가 말했습니다.

"그래, 좋다. 하지만 결코 가르쳐 줄 수 없는 기술이다. 이것은 지식이라기보다는 숙련된 솜씨와 같은 거란다. 네가 그렇게 바라고 있으니 한번 해 보자꾸나. 오늘밤 나와 함께 나가 보자."

아들은 첫 원정에 부들부들 떨었습니다. 그러나 늙은 아버지는 궁궐 같은 집안으로 당당하게 들어갔습니다. 몹시 추운 밤이었는데도 아들은 땀을 흘리고 있었습니다. 그러나 아버지의 행동은 집에서처럼 자연스러웠습니다.

그는 벽에 구멍을 내고 안으로 들어가 손짓으로 아들을 불렀습니다. 아들은 아버지의 뒤를 따라 구멍 안으로 들어갔습니다. 아들은 너무나 두려운 나머지 아무것도 보이지 않았습니다. 그러나 아버지에게서는 숨소리조차 들리지 않았습니다. 아버지는 아들을 데리고 계속 집안으로 들어갔습니다. 그는 집의 구조를 미리 조사한 것처럼 몇 개의 문을 열고 방안을 살피기 시작했습니다. 이윽고 아버지가 벽장문을 열고 아들에게 말했습니다.

"네가 들어가서 제일 값비싼 옷을 골라 꺼내 오너라."

아들은 아버지가 시키는 대로 벽장 안으로 들어갔습니다. 순간 아버지는 밖에서 문을 걸어 잠그더니 크게 소리를 지르면서 달아났습니다.

한밤중 갑작스런 외침 소리에 집안 사람들이 모두 잠에서 깨어나 웅성거렸습니다. 벽에 구멍이 뚫려 있으니 붙잡힐 것은 뻔한 일이었습니다. 벽장 안에 갇힌 아들은 예상하지 못한 사태에 어쩔 줄을 몰라 그저 숨만 죽인 채 벌벌 떨고 있었습니다.

"아버지가 미친 게 아닌가? 도대체 이게 무슨 가르침이란 말인가?"

아들은 하느님에게 기도하기 시작했습니다.

"이것은 저의 처음이자 마지막 도둑질입니다. 하느님! 앞으로 이런 짓은 절대로 하지 않겠으니 돌봐주십시오."

그때 하인이 촛불을 들고 들어와 방 안을 살피기 시작했습니다. 놀란 아들은 황급히 쥐의 울음소리를 흉내 내었습니다. 그것은 순간적인 행동이었습니다.

그러자 하인은 벽장 문을 열고 안을 들여다보았습니다. 이에 아들은 재빨리 촛불을 불어 끄고는 밖으로 뛰쳐나와 도망치기 시작했습니다. 하인과 동네 사람들이 그를 뒤쫓았습니다.

우물가에 이르렀을 때 아들은 커다란 돌을 하나 들어서 우물 속에 힘껏 던지고는 재빨리 나무 뒤에 몸을 숨겼습니다. 풍덩! 하는 소리가 어둠 속에 울려 퍼졌습니다. 뒤쫓아오던 사람들이 모두 우물가에 멈춰서 빙 둘러섰습니다. 사람들은 도둑이 우물 속에 빠졌다고 생각한 모양입니다.

"날이 밝으면 우물 속을 살펴보고 도둑이 죽었는지 확인해 보세, 그때까지 죽지 않았다면 잡아 관가로 넘기면 되지 않겠나?"

아들은 겨우 집에 돌아와 보니까 아버지는 코를 골며 평화롭게 잠들어 있었습니다. 이를 본 아들은 화가 나서 소리를 질렀습니다.

"아버지, 정말 그래도 되는 거예요?"

그러자 아버지가 눈을 비비며 일어나 앉더니 말했습니다.

"어, 내 아들이 돌아왔구나. 잘 했다. 넌 이제 충분한 자격이 있다. 자, 가서 자거라, 내일부터는 너 혼자 해 봐라."

"그런데 아버지, 왜 그렇게 하셨어요?"

"왜 그게 알고 싶으냐? 내가 하는 일은 결코 가르칠 수 없는 기술이란다. 그건 직관적인 솜씨와 같은 것이어서 그렇게 얻어지는 거란다. 그래서 난 너를 곤경에 빠지게 했던 거란다. 그런데 네가 이렇게 무사히 집에 돌아온 것을 보니까, 넌 천성적으로 타고난 도둑인 것 같구나. 너 역시 자격을 지닌 내 아들이야."

나는 내가 누군지 모르오

보리달마菩提達磨(중국 선종의 시조. 인도에서 중국에 선禪을 도입한 불성)가 중국에 당도하자 황제가 국경까지 그를 맞이하기 위해 행차했을 정도였습니다.

황제는 그를 접견하며 몇 가지 질문을 했습니다.

"나는 수많은 불교사원, 몇 천이나 되는 절을 지었소. 어떤 덕을 쌓은 것일까요?"

만일 그와 같은 말을 다른 불교승에게 물었다면, 이런 대답을 들었을 것입니다.

"폐하! 폐하는 무한의 덕을 쌓으셨습니다. 폐하의 극락왕생은 틀림없습니다. 절대로 보장이 되어 있습니다."

하지만 왕은 잘못된 사람에게 묻는 꼴이 되었습니다.

보리달마는 이렇게 대답했습니다.

"덕이라구요? 그런 것이 어디에 있단 말입니까? 오히려 당신은 많은 죄를 쌓았어요."

황제는 쇼크를 받았습니다. 그의 말을 믿을 수가 없었습니다.

그래서 황제는 다시 물었습니다.

"당신은 지금 무슨 소리를 하고 있는 거요? 나는 수많은 불교 사원을 지었단 말이오. 그런데도 당신은 내가 죄를 쌓았다고 말하는 거요? 그게 도대체 무슨 뜻이오?"

그러자 보리달마가 대답했습니다.

"당신이 스스로 덕을 쌓았다고 하는 그 관념이 죄란 말입니다. 그것은 너무나 깊은 자만심이오. 당신의 지옥행은 확실하오, 황제여! 당신은 제7지옥에 떨어질 것이 틀림없소. 제1지옥 정도가 아니오."

황제는 그 말을 믿을 수 없었습니다. 약간 화도 났습니다.

그래서 성난 음성으로 말했습니다.

"그렇다면 한 가지 묻고 싶은 말이 있소. 내 속에는 무엇이 있는 거요?"

보리달마는 조용한 웃음을 띠며 대답했습니다.

"하나의 거대한 공空, 하나의 무無일 뿐이오."

이에 황제는 분노를 참을 수 없었습니다.

"그렇다면 당신은 누구요? 누가 지금 내 앞에 서 있는 거요?"

그러자 보리달마는 짤막하게 말했습니다.

"모르오."

잃는 것이 얻는 것이다

지혜로운 한 성인이 살고 있었습니다. 세상의 한쪽 끝에서 다른 쪽 끝까지의 많은 사람들이 성인의 말에 귀를 기울였습니다. 그리고 많은 사람들이 그의 지혜로움을 깨달았습니다.

그러나 자신에 대해 의문을 품고 찾아오는 사람들에게는 침묵했습니다. 때로, 성인은 대나무 지팡이로 땅바닥에 이런 말들을 휘갈겨 쓰곤 하였습니다.

'마음으로 만족하는 자는 어느 곳, 어느 때라도 편안하다.'

혹은 이렇게도 썼습니다.

'침묵하라.

고요하라.

그러면 깨달을 것이다.'

그러나 방문자들은 성인의 이러한 대답에 만족하지 못했습니다. 그리고 성인은 더 이상 암시도 주지 않았습니다. 사람들은 성인이 직접적인 대답을 거절하는 이유를 이해할 수 없었습니다.

'왜 그럴까? 분명 그는 답을 안다. 그런데 왜 그는 실없는 말들을 모래밭에 휘갈겨 쓰는가? 다른 성자들은 사람들에게 갖가지 조언과 방법을 권한다. 그리고 엄격한 생활을 수행할 것을 주장한다. 그런데 이 성인은 왜 그렇지 않은가? 그의 가르침은 귀로 들을 수 있는 것이 아니라 눈으로 직접 봐야만 하는 지혜다.'

유월절 무렵에 한 젊은이가 나타났습니다. 지팡이도 없이 온 그 젊은 순례자는 마음의 소용돌이가 주는 고통, 어떠한 의문도 갖고 있지 않았습니다. 다만 그의 눈을 통해 열정과 결의를 엿볼 수 있을 뿐이었습니다.

젊은 순례자는 곧장 성인에게 다가갔습니다. 그는 다른 사람들처럼 무릎을 꿇지도 엎드리지도 않고 선 채로 평온한 성인의 얼굴을 묵묵히 바라볼 뿐이었습니다. 그리고는 성인의 손에서 지팡이를 가져와 땅바닥에다 이렇게 썼습니다.

'당신의 빛은 어떻게 어둠을 털어버립니까?'

성인은 참을성 있게 자신의 지팡이를 되가져와서 젊은이가 쓴 바로 밑에다 이렇게 휘갈겼다.

'어둠은 무엇인가? 그대는 어둠 속에서 무엇을 잃고 있는가?'

젊은 순례자가 되받아 썼습니다.

'잃은 것을 얻는 것이 잃는다는 뜻입니까?

잃는 것을 얻는 것이 진실로 잃는 것을 얻는 길입니까?'

침묵을 지키고 있던 성인은 잠시 젊은 순례자의 얼굴을 응시했습니다. 그리고 이렇게 휘갈겼다.

'오로지 잃는 것이다.'

사람들로부터 요란한 웃음소리가 들려왔습니다. 성인은 웃음소리가 가라앉기를 기다려 자신이 썼던 글을 지우고 다시 썼습니다.

'그대가 가져온 욕망은 무엇인가?'

호기심어린 눈동자들이 지팡이를 넘겨 받은 젊은이의 손을 주시했습니다.

'욕망……? 없습니다만.'

젊은 순례자를 주의깊게 바라보던 성인이 지팡이를 들었습니다. 그런 다음 발을 들어 폈습니다. 갑자기 지팡이로 오른쪽 발을 두드리기 시작했습니다. 지팡이로 발을 두드리는 소리가 주시하고 있는 사람들의 호흡 속으로 잦아들며 지극한 고요 속에 합일을 이루었습니다.

"왜 그러십니까?"

성인이 재빨리 지팡이를 들어 휘갈겼습니다.

'호기심도 욕망의 하나다.'

성인은 다시 지팡이를 두드렸습니다. 실망한 순례자가 지팡이 끝에 시선을 주었습니다.

'이것은 우주와 하나가 될 수 있는 신성한 주문이다.'

성인은 다시 휘갈겼습니다.

'그대는 늘 우주와 따로 떨어져 있지 않은가?'

그리고 성인은 재빨리 지팡이를 치켜들어 젊은 순례자의 머리로 가져가 그를 깊은 무아경으로 몰아넣었습니다.

그로부터 많은 날을 보내자, 젊은 순례자는 참으로 크나큰 성인의 체온을 느끼기 시작했습니다. 그러나 그러한 사실을 한 번도 묻지 않았습니다. 그들 사이엔 이미 깊이를 알 수 없는 우정이 싹터 있었던 것입니다.

그런 어느 날, 성인이 오랜 침묵을 깼습니다.

"그대가 드디어 도달했구나!"

젊은 순례자는 아무런 대답없이 한동안 성인의 눈을 깊숙이 바라보았습니다. 그리고 성인의 앙상한 손에서 지팡이를 받아 쥐고는 이렇게 섰습니다.

'오로지 기억하는 것입니다.'

걸을 때는 걷는 일이 중요하다

어떤 사람이 선사에게 물었습니다.

"당신은 어떤 방법으로 종교적 수행을 하십니까?"

선사가 대답했습니다.

"나의 수행 방법은 일상생활과 조금도 차이가 없소. 별것 없지요. 배가 고프면 먹고 졸리면 잡니다."

질문한 사람은 어리둥절해져서 물었습니다.

"그렇다면 수행하는데 특별한 것이 없군요."

선사가 대답했습니다.

"특별한 것이 없다는 사실이 중요한 점이죠."

질문을 한 사람은 더욱 혼란스러워 다시 물었습니다.

"배고프면 먹고 졸리면 자는 것은 모든 사람들이 하고 있는 일상적인 생활이 아닙니까?"

선사가 웃으며 대답했습니다.

"그렇지 않소. 우리들이 먹을 때는 다른 많은 것들과 함께 하고 있소. 당신도 먹으면서 생각하고 꿈꾸고 상상하고 기억할 것이오. 단순히 먹기만 하면서 존재하는 것이 아니란 말이오. 하지만 나는 먹을 때 단순히 먹기만 합니다. 거기에는 먹는 것만이 존재할 뿐, 다른 것은 아무것도 존재하지 않지요. 그것은 순수한 것이오. 당신은 잠 잘 때 수많은 일들을 하고 있을 것이오. 자면서 꿈꾸고 싸우고 악몽에 시달리는 것이 바로 그것이오. 그러나 내가 잘 때는 단순히 자기만 할뿐, 다른 것은 존재하지 않소. 잠을 잘 때는 오직, 잠만이 존재하고 자신조차도 존재하지 않는단 말이오. 걸을 때는 오직 걷는 것만이 존재하지요."

인간이란 상품

배 안에는 장사꾼들이 대부분이었습니다.

그들 가운데 어울리지 않는 학자가 타고 있어서 모든 시선이 그에게로 쏠렸습니다.

"당신은 어떤 물건을 파는 사람입니까?"

"내 물건은 이 세상에서 가장 귀한 상품이지요."

달랑 가방 하나 든 그가 귀중한 물건을 갖고 있노라고 큰 소리를 치자 믿어지지 않았습니다.

배는 항해를 계속하고 학자가 피곤에 못 이겨 잠든 사이에 그의 가방을 조사하여 보았습니다.

그러나 가방 속에는 책 몇 권에 사용하지 않은 종이만 가득한지라 정신이상자가 아닌가 하고 비웃었습니다.

오랜 항해를 하는 동안 망망대해에 폭풍이 계속되더니 파도가 거칠어지자 끝내 배는 난파당했습니다. 승객들 모두가 목숨만 건져 가까스로 육지에 닿았습니다.

한편 그 곳 마을에서는 주민들이 모여 중요한 일을 논의하고 있었습니다. 학자가 옆에서 지켜보고 있다가 자신의 생각을 말하자 동네 사람들은 그의 지식의 뛰어남을 알고 아주 융숭한 대접을 하였습니다.

그때에서야 이 모습을 본 장사꾼들은 무릎을 치며 말했습니다.

"역시 당신은 훌륭한 사람입니다. 우리들 모두는 풍랑에 상품을 잃었지만, 당신의 상품은 잃어버릴 염려가 없었다는 것을 알겠습니다."

인생의 낭비

물라 나스루딘은 작은 나룻배를 가지고 있는 사공입니다. 그는 강을 건너는 사람들을 이쪽 둑에서 건너편 둑으로 옮겨다 주는 것이 하루 일과였고 생계 수단이었습니다.

언젠가 날씨가 아주 불안정한 어느 날 오후 훌륭한 학자이며 문법 박사가 그의 나룻배를 타고 강 건너로 가고 있었습니다.

박사가 나스루딘에게 물었습니다.

"당신은 코란을 아십니까? 그 경전을 배운 적이 있습니까?"

나스루딘이 대답했습니다.

"모릅니다. 한 번도 그런 것을 배워보지 못했습니다."

그 학자가 말했습니다.

"그렇다면 당신은 반평생을 허비하였습니다."

그때 돌연 폭풍이 일어났습니다. 그리고 그 작은 배는 거센 바람에 밀려 강 아래로 떠내려갔습니다. 어느 순간에 가라앉을지 모를 위기에 놓였습니다.

나스루딘이 물었습니다.

"박사 선생. 헤엄칠 줄을 하시오."

그 학자는 매우 두려운 나머지 땀까지 흘리며 더듬거리듯 말했습니다.

"아니오. 전혀 모릅니다."

그러자 나스루딘이 말했습니다.

"그렇다면 당신은 전 생애를 허비한 것이오. 자, 그럼 나는 가겠오!"

생선가게

어느 마을의 생선가게 주인이 '여기서 싱싱한 생선을 팝니다.'라고 써 붙였습니다. 그러자 지나가는 행인이 그것을 보고 웃으면서 말했습니다.

"싱싱한 생선? 뭐, 어디서는 상한 생선만을 판단 말인가? 싱싱한 생선이라고 쓴 의도가 무엇인지 모르겠군."

가게 주인은 그 사람의 말이 맞다고 생각했습니다. 게다가 '싱싱한'이란 말은 싱싱하지 않다는 말이 아닌가 하는 생각 끝에 '싱싱한'이란 말을 삭제해 버렸습니다. 간판은 이제 '여기서 생선을 팝니다.'로 되었습니다.

다음날 한 노파가 가게에 들려 큰 소리로 읽었습니다.

"여기서 생선을 팝니다? 그렇다면 다른 곳에서도 생선을 팔고 있다는 말이오?"

그러자 '여기서'라는 글자가 지워졌습니다. 이제 간판은 '생선 팝니다.'로 되었습니다.

사흘째 되는 날 다른 손님이 들어서며 말했습니다.

"생선 팝니다? 그렇다면, 생선을 공짜로 주는 가게도 있다는 말입니까?"

그래서 '팝니다'라는 말도 생략되어, 이제는 오직 '생선'이란 두 글자만이 남게 되었습니다.

그러자 한 노인이 와서 주인에게 말했습니다.

"생선? 장님도 먼 곳에서 냄새만 맡아도 이 가게에서 생선을 팔고 있다는 것을 알 거요."

그리하여 '생선'이란 글자마저 지워졌습니다. 간판은 이제 공백이 되었습니다.

지나가는 사람이 물었습니다.

"왜 빈 간판입니까?"

그리하여 간판도 떼내어졌습니다. 이제 남은 것이라고는 아무것도 없었습니다. 한 자 한 자 모두 제거된 것입니다. 결국 남은 것이라고는 무(無)요, 공(空)이었습니다.

사람을 찾아다니는 등불

고대 그리스에는 디오게네스라는 철학자가 몇 사람이 있었는데, 그들 중에 시노페의 디오게네스는 기인으로 유명했습니다. 이 디오게네스는 나무통 속에 살면서 밥은 걸식을 해서 먹고 옷은 단 한 벌밖에 없었다고 합니다.

그야말로 단벌신사, 아니 단별 거지였던 셈이지만, 어린아이가 손으로 물을 떠먹는 것을 보고는 "내가 쓸데없는 것을 가지고 다녔구나."하면서 하나뿐인 밥그릇마저 버렸다고 합니다.

그리고 스스로를 개(犬)라고 불렀다. 그래서 견유학파(犬儒學派 : 키니코스 학파)라고 하면 세상을 냉소적으로 보는 학파를 가리키는 말이 되었습니다.

디오게네스는 주장했습니다.

"행복이란 인간의 자연스런 욕구를 손쉬운 방법으로 만족시키는 것이며, 부끄럽거나 흉할 것이 없으니 감출 것도 없다. 이 원리에 반대되는 관습은 자연에 어긋나는 것이므로 따를 것이 없다."

알렉산더 대왕이 그리스를 정복했을 때 많은 사람들이 인사를 갔지만, 디오게네스는 가지 않았습니다. 알렉산더는 등불을 들고 사람을 찾아다닌다는 그 유명한 디오게네스를 보려고 부하들의 호위를 받으며 친히 행차를 하였습니다.

"나는 알렉산더 대왕인데, 내가 무섭지 않은가?"

"대왕은 착한 인간인가?"

"물론이지!"

"좋은 인간이라면 무서워할 필요가 없지."

"나에게 부탁할 것은 없는가?"

"그렇다면 좀 비켜 주시오. 햇볕을 가리니까."

만일 보통의 왕이라면 "여봐라, 저 무례한 놈의 목을 당장 쳐라!"하고 외쳤을지 모르지만, 역시 대왕이었습니다.

"내가 알렉산더가 아니었다면 디오게네스가 되고 싶도다."

하고 탄식하였다고 합니다.

전쟁이 났다고 모두들 바쁘다고 하자, 자신은 나무통을 굴리며 바쁜 척했다는 디오게네스, 한낮에 등불을 들고 거리를 돌아다니면서 옳은 사람을 찾는다고 외치는 디오게네스의 행복을 이해할 수 있다면 당신 자신도 현자임이 분명합니다.

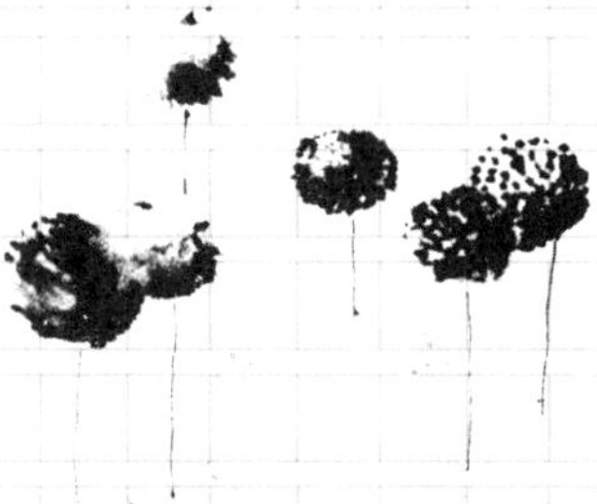

십계十戒

신이 겨우 그의 '십계(十戒)'를 다 썼을 때 그는 땅 위의 모든 인종 종족한테로 가서 이 계율을 갖고 싶은 지 어떤 지를 물어보았습니다.

아라비아 사람들은 조심스럽게

"그것은 어떤 말을 하고 있습니까?"

하고 물었습니다.

"응!"

신이 말했습니다.

"그 가운데의 하나는 '남의 물건을 훔치지 말라'고 말하고 있지."

"그거 참 재미가 없군요."

아라비아 사람들이 대답했습니다.

"우리한테는 도저히 무리한 말인데요. 우리는 여행자들을 뜯어먹고 사는 형편이 되어서요.

신은 그 다음에 프랑스인들에게 그 십계를 받지 않겠느냐고 물어보았습니다.

한데 그들도 그것은 어떤 일을 명하는지 알고싶어 했습니다.

신이 '간음해서는 안 된다.'의 대목이 이르자 프랑스인들은 신의 말을 가로막으며 슬픈 듯이 고개를 저었습니다.

"우리는 이 십계 특히, 그 대목이 우리에게는 전혀 맞지 않는다고 생각됩니다."

신은 그의 십계를 다른 많은 사람들에게로 가져갔습니다.

그러나 모두는 자기들의 남다른 사는 방식에 맞지 않는다고 하며 그것을 거절했습니다.

마지막에 이르러서 될대로 되라는 마음으로 유태인들을 찾아갔습니다.

모세가 물었습니다.

"그것의 값은 얼마입니까?"

신은 대답했습니다.

"이것은 공짜이다."

"그거 참 좋군요."

모세는 다시 말했습니다.

"그렇다면 우리는 그것을 모두 받겠습니다. 뭐 하면 두 벌이라도 받겠습니다."

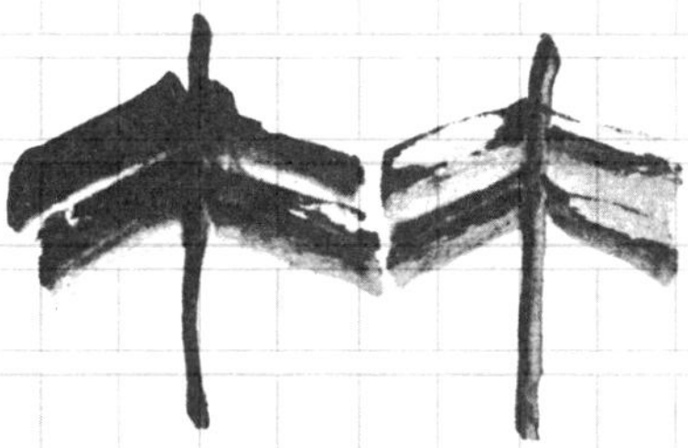

완벽한 인간

숲 속을 흐르는 강을 따라 가는 배에 노인과 소년이 함께 타고 있었습니다.

노인은 물 속에서 나뭇잎 하나를 주워들고 소년에게 물었습니다.

"애야, 너는 나무에 대해 아는 게 있느냐?"

"아무것도 모릅니다. 아직 그런 것을 배우지 못해서……"

이 말을 듣고 노인이 말했습니다.

"그렇다면 너는 인생의 25퍼센트를 잃어버린 거다."

이윽고 배가 기슭에 닿자, 노인은 물 속에서 반짝이는 돌을 주워 손바닥에 굴리며 소년에게 물었습니다.

"애야, 이 돌을 보아라. 너는 지구에 대해 아는 게 있느냐?"

노인은 조각돌을 물 속에 던지며 말했습니다.

"네가 만일 흙에 대해 모른다면 인생의 나머지 25퍼센트도 잃어버린 것이다. 이것으로 너는 인생의 50퍼센트를 잃은 것이 된다."

그들은 다시 물을 따라 내려갔고, 이윽고 세상이 회색빛으로 저물자, 별이 하나 둘 나타났습니다.

노인은 하늘을 보며 말했습니다.

"애야, 저 별을 보렴. 저 별의 이름을 알고 있느냐? 너는 하늘에 대해 알고 있느냐?"

소년은 슬픈 듯이 말했습니다.

"죄송합니다만, 그것에 대해 전혀 배운 바가 없습니다."

노인은 소년에게 충고의 말을 했습니다.

"애야, 너는 나무에 대해서도 모르고, 흙에 대해서도 모르고 하늘에 대해서도 모르고 있다. 이것으로 너는 인생의 75퍼센트를 잃고 있구나."

그때 갑자기 노인과 소년은 앞에서 솟구치는 거대한 물결 소리를 들었습니다. 통나무 배는 급류에 휩쓸리는 여울목으로 들어가고 있었습니다.

소년은 외마디 소리를 지르며 외쳤습니다.

"폭포예요. 물 속에 뛰어들지 않으면 살아날 수 없어요. 할아버지는 헤엄칠 줄 아세요?"

"예야, 나는 아직 헤엄을 배우지 못했다."

노인의 말을 듣고 소년은 말했습니다.

"그러면 할아버지는 인생의 백 퍼센트를 잃게 됩니다!"

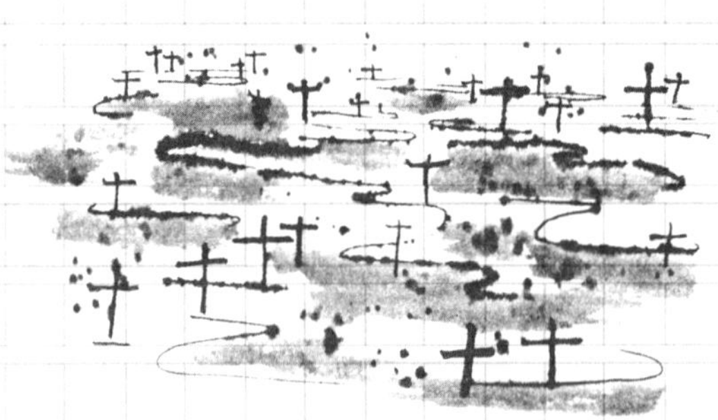

노인과 세 청년

여든 살의 노인이 나무를 심었습니다.

"집을 짓는다면 몰라도, 그 나이에 나무를 심다니!"

이웃의 세 청년이 조롱하듯 말했습니다.

정말 노인은 노망이 들어 있었습니다.

"그렇다면, 제발 너희들이 해 보렴. 과연 너희들이 이 수고의 열매를 거둘 수 있을까? 족장만큼 늙어야 할 수 있겠지. 인생이 너희들 것도 아닌 데 앞날에 대한 걱정으로 채워보았자, 무슨 소용이 있을까? 이제부터는 지난날의 과오 이외에는 생각지 말라, 그 오랜 희망과 불분명한 생각을 거침없이 버려라. 이것은 우리들 모두에게 해당되는 것, 그러나 너희들만의 것은 아니지."

노인은 다시 일을 계속했습니다.

"얻음은 늦게 오지만, 오래 가지 못한다. 운명의 여신은 창백한 손으로 너와 나의 앞날을 똑같이 가지고 논다. 우리의 종말은 짧다. 우리들 중의 그 누가 마지막까지 창공의 빛을 즐길 수 있을까? 단 일초라도 너의 것이라고 보장해 주는 순간이 있을까? 자손들이 즐길 이 나무 그늘은 모두 내 덕이지. 때때로 너희들은 현인이 즐거움을 배려해 주는 것조차 잊고 있지. 이것도 오늘을 맛볼 수 있는 삶의 과실이야. 내일도 우리는 그걸 즐길 수 있고, 앞으로도 그렇겠지. 나는 이제 너희들 무덤 위에 비치는 새벽빛을 셀 수 있어."

노인의 말은 옳았습니다.

세 청년 중의 하나는 아메리카로 가다가 항구에서 익사하고, 다른 한 명은 출세하기 위해 큐바 공화국 군대에 입대했으나 예기치 못한 사고로 죽었습니다.

세 번째 청년은 그가 접목하려던 나무에서 떨어졌습니다. 그래서 노인은 눈물을 흘리며 대리석 위에 새겨 놓았습니다.

지금의 이야기를…….

삶과 죽음의 미학

한평생을 침묵으로 지낸 도조라는 선승이 있었습니다. 그는 평생 동안 한 마디 말도 하지 않았습니다. 그가 어렸을 때 갑자기 자신은 어떤 말도 할 수 없다고 생각했던 것입니다. 사람들은 소년이 말을 하지 않을 뿐, 바보가 아님을 눈치 채게 되었습니다.

그는 벙어리가 아니었습니다. 소년의 눈은 매우 빛나고 지적으로 보였습니다. 그의 행동은 현명하고 총명했기 때문에 사람들은 단순한 침묵으로 알고 있을 뿐입니다. 사람들은 그 소년이 어느 날 갑자기 침묵하기로 결심하고는 그것을 지키는 중이라고 추측했습니다. 소년은 80년 동안을 침묵으로 일관했습니다.

그는 죽는 날, 처음이자 마지막으로 말을 했습니다. 막 동이 트는 아침, 그는 자신을 따르던 많은 친구들을 불러 모았습니다. 그는 침묵 속에 한평생을 보냈지만, 누구보다도 귀중한 삶을 살아왔습니다. 그가 살아온 삶을 이해할 수 있는 사람에게는 아주 중요한 의미로 보여졌습니다. 그래서 많은 사람들이 그를 따랐습니다. 그의 제자들도 모였습니다. 그들은 스승 도조를 둘러싸고 말없이 앉아 있었습니다. 그들은 도조의 침묵에 잠겨 앉아 있었습니다.

그는 자신을 따르는 사람들 모두를 둘러보며 마침내 입을 열었습니다.

"오늘 저녁 해가 질 무렵 나는 죽게 될 것이다. 이는 나의 처음이자 마지막 말이다."

그러자 한 사람이 말했습니다.

"지금처럼 말할 수 있으면서 어째서 한평생을 침묵으로 보냈습니까?"

그러자 그가 대답했습니다.

"모든 것은 불확실하다. 오직, 죽음만이 확실할 뿐이다. 그래서 나는 확실한 것만 말하길 원했던 것이다."

죽음의 신

백 살이 된 위대한 왕이 있었습니다. 그는 이 세상에서 부러울 것 없이 영화를 누리며 자신이 즐길 수 있는 것은 가리지 않고 향유했습니다.

어느 날 죽음의 신이 찾아와서 그에게 말했습니다.

"너도 죽을 때가 되었으니 준비하라. 나는 죽음의 신이다."

왕은 위대한 전사였고 셀 수 없이 많은 전투에서 승리했었지만 죽음의 신 앞에서는 부들부들 떨기 시작했습니다.

"아직 죽을 때가 안 되었습니다."

그러자 신이 말했습니다.

"때가 안 되었다고! 너는 백 년 동안이나 살았고 네 자식들조차 늙었다. 너의 큰 애가 80세나 되었다. 그런데도 너는 더 살기를 원하느냐?"

왕에게는 백 명의 아내와 똑같은 수의 자식을 거느리고 있었습니다. 왕이 죽음의 신에게 애원했습니다.

"좀 더 살게 해주시오. 나는 당신이, 누구인가를 꼭 데려가야 한다는 것을 알고 있소. 그러니 내가 아들 중에서 한 명을 내어준다면, 나 대신 내 아들을 데려가고 나를 백 년 동안 더 살도록 해 주겠소?"

말을 끝낸 왕은 백 명의 아들을 한자리에 불러놓고 말했습니다. 제일 큰 아들은 들은 척도 하지 않았습니다. 다른 아이들도 마찬가지였고 주위에는 무거운 침묵이 흘렀습니다. 그런데 갑자기 나이가 가장 어린 막내아들이 자리에서 일어나 말하는 것이었습니다.

"제가 아버지 대신 가겠습니다."

그 말에 죽음의 신이 대꾸했다.

"정말 너는 어리석은 아이로구나. 99명의 형들이 눈치만 살피고 있는 것을 보지 못했느냐? 늙은 네 형들도 더 살기를 바라고 있지 않느냐. 그런데 너는 아직 제대로 살아보지도 않은 어린아이가 아닌가? 너를 데려간다는 것은 나도 마음이 내키지 않는구나. 다시 한 번 잘 생각해 보거라."

그러나 어린 왕자는 당당하게 말했습니다.

"아닙니다. 저는 충분히 생각하고 결정한 일입니다. 그러니 미안하게 생각지 마십시오. 저는 편안한 마음으로 죽음을 맞이할 것입니다. 제 아버지가 백 살을 사시고도 만족을 못한다면 제가 굳이 더 살아야 할 이유가 있겠습니까? 저 역시 백 년을 살아도 만족할 수 없을 것입니다. 99명의 형들도 저보다 오래 살고서도 만족하지 못했어요. 무엇 때문에 시간을 낭비할 필요가 있겠습니까? 그러니 아버지를 대신해서 죽겠습니다. 저는 아버지께서 백 살을 더 살도록 하겠습니다. 대신 저는 16세로 삶을 마감하겠습니다. 아무도 만족하지 못하는 이 현실을 보세요. 제가 만약 백 년을 산다 하여도 결국은 만족하지 못하리라는 것을 깨닫게 되었습니다. 그러므로 제가 더 살다가 죽든지 지금 죽든지 아무런 의지가 없습니다. 그러니 제발 저를 데려가세요."

죽음의 신은 결국 소년을 데리고 갔습니다. 그로부터 백 년 후에 죽음의 신이 다시 왕을 찾아왔습니다. 왕은 그때까지도 더 살고 싶은 욕심을 가지고 있었습니다. 왕이 말했습니다.

"백 년이라는 세월이 너무나 짧소. 여보시오, 그 동안 내 아들들은 모두 늙어 죽었소. 그렇지만 나는 또 애를 낳았소, 이번에도 나는 내 아들을 줄 수 있으니 나 대신 데려가 주시오."

매번 똑같은 상황이 되풀이 되었습니다. 천 년 동안이나 왕은 같은 방법으로 위기를 넘겼고 죽음이 열 번이나 찾아왔습니다. 죽음의 신은 왕을 살려주는 댓가로 아홉 번이나 왕의 아들들을 데리고 갔고 그 댓가로 왕은 백 년을 더 살 수 있었습니다. 열 번째 죽음이 찾아왔을 때 왕이 말했습니다.

"당신이 처음 나를 찾아왔을 때는 따라가기가 싫었지만, 지금도 그런 마음은 마찬가지요. 그렇지만 이번에는 당신을 따라가겠소. 이제는 더 이상 당신에게 호의를 베풀어 달라고 할 수 없기 때문이요. 제일 큰 이유는, 천 년 동안 나를 만족시켜 줄 수 없었다면, 만 년이라고 나를 만족시켜 줄 수 있겠소. 그래서 이젠 포기한 거요."

천국의 문

어느 날 한 성인(聖者)이 천국의 문을 두드렸습니다. 그러자 때를 같이 하여 한 죄인도 문을 두드렸습니다. 성인은 그 죄인에 대해서 잘 알고 있었습니다. 그 죄인은 같은 동네 바로 이웃에 살고 있는 사람이었습니다.

그리고 그들은 같은 날에 죽었습니다.

문이 열리자, 문지기 성 베드로는 성인을 쳐다보지도 않고 죄인을 반갑게 맞아들였습니다.

이에 성인은 아주 기분이 상했습니다.

"음? 죄인이 환영을 받다니, 일이 이상하군!"

그는 성 베드로에게 따졌습니다.

"이게 어찌된 일이오? 나를 화 나게 만들 작정이오? 모욕할 생각입니까. 무슨 까닭으로 나는 들여보내 주지 않는 겁니까?

죄인을 저토록 대환영으로 맞아주면서 말이오."

이에 성 베드로가 말하기를,

"바로 그 때문이라오. 당신은 기대를 하고 있어요. 그는 기대 같은 건 전혀 하지도 않고 있소. 그는 천국에 온 것을 그저 고마워하고 있을 뿐이지요. 그러나 당신은 그것을 스스로 얻은 것이라고 생각하겠지요. 저 사람은 하나님의 은혜를 겸허하게 느끼고 있어요. 하지만 당신은 천국에 오게 된 것이 자신의 노력 때문이라고 생각하고 있습니다. 그것을 당신은 스스로 쌓은 '업적'이라고 믿고 있단 말입니다. 그런 업적 따위는 모두 자만심에 지나지 않아요. 저 사람은 겸허하오. 그는 자기가 천국에 온 것조차 믿지 않는다오."

행복과 불행

행복은 기운이 약했지만, 불행은 건강하여 힘이 넘쳤습니다.

불행은 기운이 세어 행복을 만나면 괴롭혔습니다.

행복은 이리저리 피해 다니다가 결국에는 하늘로 갈 수밖에 없었습니다.

하늘에 올라간 행복은 제우스 신에게 모든 사정을 털어 놓았습니다.

제우스 신은 한참 동안 궁리를 하다가 한 가지 방법을 생각해 냈습니다.

"너희들 행복이 모두 이 곳에 몰려 있으면 성질이 고약한 불행한테 괴롭힘을 당하지 않아 좋겠지만, 세상 사람들은 행복을 좋아하여 너희들이 오기를 목매어 기다리고 있으니 어떻게 하면 좋겠느냐. 그러니 여럿이 한꺼번에 내려가지 말고 행복을 줄 수 있는 사람에게 혼자서 찾아 가도록 하여라. 그러면 불행하게 붙들리지 않아서 좋을 것이다."

이런 까닭에 이 세상에는 행복이 귀하고 불행은 여기저기 많은가 봅니다.

인간의 축복

제우스신은 세상에 동물들을 만들어 곳곳에 풀어놓았습니다. 한편 이들에게 몸에 알맞은 것들을 필요에 따라 선물로 주었습니다.

새에게는 광활한 하늘을 자유롭게 날 수 있는 날개를, 황소와 염소에게는 싸울 때 적으로부터 방어하고 공격할 수 있는 견고하고 날카로운 뿔을, 또 추위에 떨지 않고 생명을 보호할 수 있는 깃과 털을 주었습니다.

이 광경을 지켜보았던 인간은 며칠을 기다렸으나 아무것도 주지 않았습니다. 이에 화가 난 인간은 퉁명스럽게 제우스 신에게 불평했습니다.

"왜 인간에게는 아무런 선물도 주시지 않습니까?"

그러자 제우스 신은 가벼운 미소를 머금은 표정으로 말했습니다.

“정말 어리석구나! 내가 인간을 특별히 생각하고 준 것이 있는데 아직 모르고 있구나. 나는 너에게 짐승들의 것에 비할 바가 아닌 걸 주었지.”

“터무니 없는 소리 마십시오. 저는 당신으로부터 받은 게 아무것도 없습니다.”

“그럼 말하지. 눈에는 보이지 않는 것이어서 깨닫지 못할 거야. 다만 마음속에 들어가서 짐승보다 힘이 세고 날개를 가진 새보다 빠른 것이 있다. 바로 이것을 이성이라고 한다. 만물의 우두머리가 되기 위해선 절대 필요한 것이니라.”

인간은 자신의 선물을 값되고 소중한 것임을 깨닫고는 부끄러운 듯 고개를 숙였습니다.

소중한 말

말 중에는 말 같지 않은 말이 있는가 하면, 천냥 빚을 갚을 만한 말도 있습니다.

인간관계를 좋게 하는 말 몇 가지를 음미해 봅시다.

여섯 마디로 된 가장 소중한 말

"저는 제가 잘못을 범했다는 것을 인정합니다."

다섯 마디로 된 가장 소중한 말

"당신은 일을 아주 멋지게 처리하셨습니다."

네 마디로 된 가장 소중한 말

"당신의 의견은 어떤 것입니까?"

세 마디로 된 가장 소중한 말

"제발 당신이 원하신다면……."

두 마디로 된 가장 소중한 말
"당신에게 감사합니다."
한 마디로 된 가장 소중한 말
"우리."
가장 중요하지 않은 말
"나."

인기

학년말 시험 결과가 발표되자, 집에 돌아온 아들이 아버지에 자랑스럽게 말했습니다.

"제 인기가 매우 좋은 모양이에요. 선생님도 감격하셨던지 1년만 더 학교에 머물러 있어 달라고 하시던데요."

생각의 차이

여자에게 싫증난 남자가 꾀를 부려 약혼을 취소하려고 하였습니다. 어느 날 그가 여자에게 말했습니다.

"우리는 성격 차이가 너무 커서 결혼하면 다투기만 할 것 같아. 아무래도 어울리지 않는 사이야."

"당신은 뭔가 잘못 생각하고 있어요. 우리는 비둘기처럼 서로 사랑하고 있잖아요."

여자가 말했습니다.

"아닐 거야, 우리는 의견이 맞지 않아. 매일 부부 싸움만 할 거야."

"아니에요 우리는 로미오와 줄리엣 같은 커플이에요. 나는 당신의 완벽한 동반자가 될 수 있어요."

"내가 이렇게 말하는 이유는 우리는 어떤 문제도 서로 의논

할 수 없을 것 같아서 그래."

"그렇지만 나는 그렇지 않아요."

그는 더 이상 참지 못하고 소리쳤다.

"글쎄, 내가 뭐라고 했어? 우리는 이미 싸우고 있잖아!"

어울림

숲속을 스치는 바람과 개울을 흐르는 물소리도 마음을 고요히 하고 들으면 음악이 됩니다.

풀 위에 내리는 안개와 호수 가운데 비친 구름, 이런 것들도 마음을 한가롭게 하고 보면 가장 아름다운 문장이 됩니다.

사람들은 거문고와 피리소리만이 음악인줄 알고 종이 위에 붓으로 쓴 것만이 문장이라고 여기지만, 그것은 큰 잘못된 생각입니다.

자연에서의 얻은 음악과 문장을 볼 줄 아는 눈과 귀가 없다면 눈동자를 움직이는 인형과 다름없습니다.

창과 거울

도덕 시간이었습니다.

"선생님, 어른들의 세계는 참 이상합니다. 가난한 사람들은 서로 도와주는데, 부자들은 여유가 있으면서도 돕지를 않습니다. 어째서 그렇죠?"

"창밖에 무엇이 보이지."

"아이들이 뛰어놀고 한쪽에선 싸움질을 하고 있습니다."

"그래? 그럼 거울 속에는 무엇이 보이느냐?"

"제 얼굴밖에 보이질 않습니다."

"그럴 것이다. 창이나 거울은 똑같은 유리로 되어 있다. 한데 거울은 수은칠을 한 것이어서 자기 모습밖에 보이지 않게 되는 것이다. 내 말의 뜻을 이해할 수 있겠니?"

자업자득

선생님 한 분이 시내를 걸어가고 있었습니다.

그때 어떤 사나이가 자기 집 뜰에서 나온 돌을 길가에다 버리는 게 눈에 띄었습니다.

"여보시오, 어째서 그런 짓을 합니까?"

선생님이 물었으나 그 사나이는 비죽 웃을 뿐 아무런 대꾸도 하지 않았습니다.

그런 일이 있은 후 10년이 지나고 20년이 흘러 그 사나이는 집을 팔고 나서려는 순간, 옛날 자신이 버린 돌에 채여 그만 넘어지고 말았습니다.

고집불통

고집쟁이 집안이 있었습니다.

아버지도 고집불통, 아들도 고집불통, 어느 누구에게도 지려고 하지 않았습니다.

하루는 집에 손님이 와서 아들에게 고기를 사 오라고 심부름을 보냈는데, 도무지 돌아오지 않아서 아버지가 고깃간으로 찾아 나섰습니다.

그런데 길 한복판에서 아들이 웬 사람과 마주 서 있었습니다.

"도대체 어찌 된 일이냐?"

"이 사람이 길을 비켜주지 않아요."

"알았다. 그렇다면 너는 고기를 갖고 어서 집에 가거라. 내가 대신 이 사람을 맡겠다."

손가락

아버지와 아들이 송아지를 외양간에 가두려고 하였습니다.

아들은 앞에서 잡아당기고 아버지는 뒤에서 엉덩이를 밀었으나 송아지는 떼를 쓰듯 한 발도 옮겨놓으려 하지 않았습니다.

이 광경을 물끄러미 지켜보던 하녀가 자기 손가락을 송아지 입에 물려 빨게 하더니 살살 달래서 힘 안 들이고 외양간으로 끌고 들어갔습니다.

가난한 황제

알렉산더에 대한 이런 이야기가 전해 오고 있습니다. 그는 죽기 전에 신하들에게 말했습니다.

"그대들이 내 시체를 거리로 운반할 때, 내 양손이 밖으로 나오도록 하라. 그것을 덮지 말라."

이것은 예기치 않은 일이었습니다. 아무도 죽은 뒤에 그런 식으로 운구되지 않았기 때문입니다. 신하들은 이해할 수가 없어서 물었습니다.

"무슨 말씀이십니까? 이는 일반적인 장례 방식이 아닙니다. 몸 전체를 덮는 것이 보통입니다. 왜 두 손이 나오기를 바라십니까?"

알렉산더가 대답했습니다.

"나는 내가 빈손으로 죽는다는 사실을 알리고 싶다. 누구나 그것을 보아야 하며, 아무도 다시는 알렉산더처럼 되려고 해서는 안 된다. 나는 많은 것을 얻었으나 사실은 아직 아무것도 얻지 못했으며, 내 왕국은 거대하지만, 나는 여전히 가난하기 때문이다."

어느 아이의 일기

어떤 아이의 일기를 본 적이 있었는데, 12월 25일 날짜 일기장에 이렇게 쓰여 있었습니다.

'죠 아저씨에게서 공기총을 선물 받았다. 죠 아저씨는 이 세상에서 가장 멋있는 아저씨입니다. 이제까지 그런 아저씨는 보지 못했고 앞으로도 그런 아저씨는 없을 것이다. 그런데 지금 비가 내리고 있어 밖으로 나갈 수 없다. 나는 지금 당장 사냥을 하고 싶다.'

12월 26일

'아직도 비가 내리고 있다. 조바심이 나서 어쩔 줄을 모르겠다.'

12월 27일

'아직도 비다. 너무도 답답하다. 무엇인가를 부수고 싶다.'

12월 28일

'아직도 비가 온다. 나는 괜히 화가 나서 죠 아저씨를 쏘았다.'

자기 존중

누구나 사람에게는 '되고 싶은' 또는 '갖고 싶은' 어떤 희망사항이 있습니다. 부자가 되고 싶다, 우등생이 되고 싶다, 예술가가 되고 싶다, 재벌이 되고 싶다, 장군이 되고 싶다, 대통령이 되고 싶다 등등 각양각색, 천차만별의 희망사항입니다.

물론 갖고 싶은 것의 내용도 그처럼 다양합니다. 외부의 도움(부모, 교사, 선배, 조직)도 필요하지만, 자기 스스로의 도움(자조)이 필수적입니다. 스스로를 돕는다고 하지만, 어떤 방법으로 해야 하느냐에 대해서는 서로 다른 많은 주장이 있습니다.

미국의 맥스웰 말츠는 '자기 존중심'을 가질 것을 강조합니다. 되고 싶은, 갖고 싶은 그 목표를 달성하기 위하여 적극성, 의욕, 자기를 존중하는 마음을 갖는 기술로서 그것을 얻는 것이 자기 실현이라고 합니다.

인생의 시간표

사람의 나이를 아침 일곱 시부터 밤 열한 시까지의 하루의 일과 시간과 서로 대비해 보면 다음과 같다는 것입니다.

- 15세는 오전 10시 30분에 해당되고
- 20세는 오전 11시 34분
- 25세는 오후 12시 42분
- 30세는 오후 1시 51분
- 35세는 오후 3시 00분
- 40세는 오후 4시 8분
- 45세는 오후 5시 16분
- 50세는 오후 6시 25분
- 55세는 오후 7시 34분

- 60세는 오후 8시 42분
- 65세는 오후 9시 51분
- 70세는 오후 11시 00분이 된다는 것입니다.

심리학자 레슬리 웨더헤드의 계산법입니다.

죽음을 깨달은 소크라테스

마침내 소크라테스가 죽어가고 있었습니다.

그의 제자들은 스승의 죽음에 대해 눈물을 흘리며 안타까워했습니다.

그러자 소크라테스는 제자들에게 외쳤습니다.

"이제 그만 울음을 그쳐라. 제발 나를 방해하지 말아다오. 나는 곧 죽는다. 지금 바로 죽음이 무엇인지를 깨달을 수 있도록 나를 방해하지 말아다오. 나는 이 순간을 일생동안 기다려왔다."

그는 형벌로 독약을 마셨습니다. 침대에 누워 죽음이 무엇인가를 찾고 있었습니다.

씨앗의 의미

감옥의 벽과 창살 틈에 어떤 씨앗 하나가 날아와 싹을 틔운 희망을 담은 이야기가 있습니다.

함께 있는 죄수들은 별 볼일 없다는 듯이 시큰둥했지만 한 죄수는 물을 주고 보살피며 생명의 존엄성을 깨닫고 씨앗을 키우는 보람을 느꼈다고 합니다.

이 세상을 천국이라고 생각하느냐, 아니면 지옥이라고 생각하느냐는 마음속에 어떤 씨앗을 키우느냐에 달려 있습니다.

마음의 감옥

어떤 장교의 젊은 아내가 남편의 전출지로 이사를 갔습니다. 사막 한가운데 있는 주변 마을에는 문화시설이 하나도 없고 메마른 먼지만 날리고 있었습니다.

게다가 군인을 빼고는 인디언 주민과 멕시코인 뿐이었습니다.

사택이 부대 안에 있었기 때문에 감옥이나 다름없었습니다.

"더 이상은 참지 못하겠어요. 그이와 이혼을 하고 새 출발을 하고 싶어요."

하고 어머니에게 편지를 썼습니다.

그러자 어머니로부터 답장이 왔습니다.

"죄수 두 사람이 같은 감방에 갇혀 있었단다. 한 사람은 창살을 보면서 감방이 좁다고 했고, 한 사람은 창 너머를 보면서 별이 참 많구나 했단다. 그런데 그 감옥이 바로 네가 있는 집이란다."

점 하나

러시아 작가 체호프의 일화에 이런 내용이 있습니다.

체호프는 원래 의사였는데, 어느 날 환자에게 처방전을 써 주어서 돌려보내고 보니, 자기가 쓴 처방전에 문법적으로 틀린 부분이 있다는 걸 알게 되었습니다.

문법적으로 틀린 부분이라고 했지만, 실은 구두점 한 개를 잘못 찍은 것이었습니다.

(물론 구두점도 문법에 포함되는 문제이긴 합니다만)

그것이 마음에 걸려서 한밤중인데도 마차를 빌려서 점 하나를 고쳐 주러갔다고 합니다.

빨리 빨리

영국의 작가 헉슬리의 일화에 이런 일이 있습니다.

어느 날 더블린에 있는 작가 모임이 있어서 기차를 탔는데 그만 연착하고 말았습니다.

그래서 역에서 나오자마자, 앞에 서 있는 마차에 올라타고는

"빨리 좀 가주게."

하고 큰 소리로 말했습니다.

한참 달리고 있는데 헉슬리가 물었습니다.

"지금 우리가 어디로 가고 있나?"

"어디로 가는지는 모르겠는데요. 그렇지만 아주 빨리 달리고 있는 것만은 맞습니다."

그저 어딘지도 모르는 곳을 빨리 달리고 있었던 것입니다.

망상

자기 자신이 쥐라는 망상에 빠져 있는 사람이 정신병원에 입원을 했습니다.

치료를 마치고 퇴원하던 날, 출입구를 나서려다가 뒷걸음을 치는 것이었습니다. 이상하게 여긴 의사가 그 이유를 물었습니다.

"저기 고양이가 있잖습니까?"

"당신은 이제 쥐가 아니라는 확신을 얻었지 않소?"

"하지만 고양이는 이 사실을 모를 것입니다."

삶의 향기

톨스토이가 길을 가고 있는데 거지가 나타나서 적선을 구했습니다.

톨스토이는 적선할 생각으로 호주머니를 뒤졌지만, 돈이 한 푼도 없었습니다.

난처해진 톨스토이가 말했습니다.

"형제요, 용서해 주게. 돈이 있었다면 정말 주었을 걸세."

거지는 얼굴에 미소를 띠우며 말했습니다.

"선생님은 벌써 많은 것을 주셨습니다. 저를 형제라고 불러 주셨으니까요."

대지의 욕망

반 고호는 별에 닿을 만큼 커다란 나무를 그렸습니다. 태양과 달은 아주 작게, 그리고 나무는 크게 그렸습니다. 나무들은 점점 더 높아져서 별에 닿았습니다.

어떤 이가 물었습니다.

"당신은 미쳤소? 어디서 그런 나무를 보았습니까? 태양과 달은 그렇게 작고 나무들은 왜 그렇게 크오?"

그러자 고호가 말했습니다.

"나무를 바라볼 때면, 나는 언제나 하늘에 가 닿으려는 대지의 욕망을 봅니다. 나무는 하늘에 가 닿으려는 대지의 욕망이오, 이것은 대지의 야심이지요. 대지가 할 수 없는 것을 나는 내 그림으로 할 수가 있지요. 바로 이것이 내가 나무를 보는 방법입니다. 하늘에 닿으려는 대지의 욕망이 바로 그것입니다."

스트레스의 효과

스트레스라고 하면 무조건 괴롭고 해로운 것으로만 생각하기 쉽지만, 때로는 곤경을 극복하는 힘이 되기도 하고 능률을 높이기도 합니다.

영국의 신경심리학자인 오드리 부스 박사는 『스트레스 연습』이라는 저서에서 어느 정도의 스트레스가 있어야만 능력을 발휘할 수가 있다고 했습니다.

만일 스트레스가 없다면 시험을 앞둔 학생이 어떻게 밤새도록 앉아서 공부를 할 수 있겠는가? 스트레스가 있기 때문에 그 학생은 밤새도록 공부를 할 수 있는 힘을 갖게 된다는 것입니다. 그래서 일방적으로 스트레스가 해롭다는 생각은 버려야 한다고 주장하고 있습니다.

친절의 가치

누추한 옷을 입은 한 소년이 매일 여섯 시면 어떤 가게 앞을 지나가곤 했습니다.

가게 주인을 보면 언제나 그 소년은 인사를 했습니다.

별다른 말을 나눈 적은 없지만, 서로 웃으며 인사를 나누었습니다.

얼마 후 놀라운 일이 생겼습니다.

그 소년에게 막대한 유산이 남겨졌습니다.

그 가게 주인이 세상을 떠나며 남긴 것이었습니다.

우리보다 더 불편한 사람

손이 없는 장애자 아이가 있었습니다. 아버지는 아이의 성격이 늘 걱정되었습니다.

"얘야, 너보다 더 불편한 사람도 있단다. 걱정을 한다고 해서 손이 생기는 것도 아니지 않느냐. 애들 하고 좀 어울려 놀아라."

설득을 했지만 아무 소용이 없었습니다.

어느 날 아버지는 아이를 데리고 성당엘 갔습니다.

그때 마주 걸어오고 있는 신부님을 보니 양쪽 팔의 옷소매가 흐늘흐늘 흔들리고 있었습니다.

"어서 오너라. 얘야. 나는 어릴 때부터 두 팔을 모두 잃었단다. 그러니 나는 네 마음을 알 수 있단다."

그러자 아이는 신부님의 가슴에 안기며 눈에 눈물을 글썽였습니다.

삶의 난간

발을 다친 환자가 목발을 짚고 걸음마 연습을 하다가 드디어 외출을 하게 되어 계단을 힘겹게 오르다가 문득 새삼스럽게 난간이 있음을 발견했습니다.

매일 무심코 지나치며 신경을 쓰지 않던 난간이 마치 자기를 위해 거기 있는 것처럼 보이더랍니다.

난간이 있다는 것, 그 난간이 자기에게 더없이 고마운 존재라는 것, 그 난간 이외에도 자기를 위해 존재하는 것들이 곳곳에 있다는 것에 그 사람은 새삼 새로운 세상을 발견하게 되었습니다.

우리 주위에는 수많은 난간이 있습니다. 그리고 때로는 우리 스스로가 사랑이 되고 의지가 되고 울타리가 되기도 하는 난간이 되기도 합니다.

인생의 벤치마킹

벤치마킹이란 말은 원래 '측정 기준'이란 뜻입니다.

벤치마킹 경영은 1979년 미국의 제록스 사가 경쟁기업 분석을 하는 데서 시작됩니다.

벤치마크라는 말은 경쟁기업이나 우량기업을 표준으로 삼아 획기적인 경영 개선을 하면서 유명해졌습니다. 벤치마킹은 분석, 개선, 계속의 원칙에 입각하여 최고를 지향하는 것입니다.

손자병법의 '적을 알고 나를 알면 지지 않는다'는 원리가 분석의 원리이자 출발점이 됩니다.

벤치마킹은 최고 수준의 기준을 갖자는 데 뜻이 있습니다.

기업만이 아니라 한 개인에게도 벤치마킹은 가능합니다.

어떤 기업에서는 각 개인이 각자의 벤치마크를 정해서 희망하는 인간상을 추구하도록 권고하고 있습니다.

미소의 빛

한 스님이 부모 없는 아이들을 거두어 살고 있었습니다.

그 중에 항상 생글생글 웃는 아이가 있었습니다.

"애야, 네 웃는 얼굴은 어쩌면 그렇게 밝으냐?"

"고맙습니다."

"이럴 땐 고맙다고 하는 게 아니야. 내가 오히려 고맙다고 해야지. 네가 웃는 얼굴을 보면 세상이 즐겁고 아름답게 느껴지니까 말이다. 너는 '고맙다'고 하지 말고, '별 말씀을요.(천만예요) 하고 답하도록 해라."

조화造花

이웃에 은퇴한 늙은 철학 교수가 살고 있었습니다. 사람들은 그가 약간 정신이상자라고 생각하였습니다. 사실 은퇴한 철학 교수는 그렇게 생각되게 마련입니다.

하지만 현명한 사람은 그에 대해서 아무런 판단도 내리지 않았습니다.

그런데 어느 날 그에 대해서 생각을 해 보아야 할 작은 일이 벌어졌습니다.

그가 꽃밭에 물을 주고 있었는데 마침 지나다 보니 물동이가 밑이 빠진 것이었기 때문입니다. 당연히 물은 없었습니다. 그는 그냥 화초에 물을 주는 시늉만 하고 있었던 것입니다.

그래서 이렇게 물어보았습니다.

"교수님, 지금 무얼 하고 계시오? 물동이의 밑이 빠져 있지 않소."

그러자 그가 말했습니다.

"알고 있습니다. 하지만 별 상관없습니다. 이 화초들은 모두 다 조화거든요."

마음의 흐름

다음 글을 읽어보시기 바랍니다.

❶ 마음 속에 딴 생각이 없으면 몸이 편하다.

❷ 마음 속에 자만이 있으면 존경심을 잃는다.

❸ 마음 속에 욕심이 없으면 의리를 행한다,

❹ 마음 속에 사심(私心) 없으면 의심 받지 않는다.

❺ 마음 속에 노여움이 없으면 말씨도 부드러워진다.

❻ 마음 속에 용기가 있으면 뉘우침이 없다.

❼ 마음 속에 인내가 있으면 일을 성취한다.

❽ 마음 속에 탐심(貪心)이 없으면 아부하지 않는다.

❾ 마음 속에 미혹이 없으면 남을 의심하지 않는다.

❿ 마음 속에 잘못이 없으면 두려움이 없다.

⓫ 마음 속에 흐림이 없으면 항상 고요를 지킬 수 있다.

⓬ 마음 속에 교만이 없으면 남을 공경한다.

사양

해가 서산에 뉘엿뉘엿 저물자 짐을 등에 진 장사꾼은 발걸음을 재촉하였습니다.

지나가던 마부가 힘겨워 하는 장사꾼의 지친 모습을 보고 안스러워했습니다.

"젊은 양반, 내 마차에 타시지요."

이 말에 장사꾼은 구세주를 만났다는 듯 마차에 올랐습니다. 그런데 등짐을 내려놓으려고 하지 않았습니다.

"짐을 내려놓는 게 편하지 않겠소?"

딱하게 생각한 마부가 친절한 말을 건넸습니다.

"고맙습니다만, 내가 탄 것만으로 말에게 부담이 될 텐데 이 짐까지 내려서 싣다니요. 등짐만은 사양하겠습니다."

아낌없이 주는 나무

아주 옛날 하늘을 향해 많은 가지를 높이 뻗은 자태가 우람한 한 그루의 고목나무가 있었습니다. 그 나무가 꽃을 피울 무렵이면 온갖 모양과 빛깔, 크기가 다른 나비들이 나무 주위에서 춤을 추었습니다.

꽃이 피고 열매가 맺으면 먼 곳에서까지 새들이 찾아와 그 숲 속에서 노래를 부르곤 했습니다. 그 때마다 팔을 뻗는 나뭇가지들은 그늘 아래서 쉬고 있는 모두를 축복해 주었습니다.

그런데 한 작은 소년이 늘 나무 밑에 와서 놀곤 했습니다. 그 큰 나무는 소년에 대해 차츰 애정을 쌓아갔습니다.

만일 큰 것이 자신이 크다는 사실을 느끼지 않는다면, 큰 것과 작은 것 사이의 사랑에는 변함이 없습니다.

나무는 자신이 크다는 것을 알지 못합니다. 오직 인간만이 크다는 사실을 알고 있을 뿐입니다.

크다는 사실을 안다는 것은 항상 '에고(ego : 자아)'를 갖고 있음을 뜻하는 것입니다. 그러나 사랑은 크지도 작지도 않습니다. 사랑은 가까이 다가오는 사람이라면 누구라도 받아들이려는 진실이 있습니다.

그리하여 나무는 언제나 자기 곁에 와서 즐겨 노는 이 작은 소년을 더욱더 사랑하게 되었습니다. 가지는 높았으나 소년이 꽃을 꺾고 열매를 딸 수 있도록 허리를 굽히고 머리를 숙여 주었습니다.

사랑은 언제나 머리를 숙일 준비가 되어있습니다. 그러나 '에고'는 머리를 숙일 준비가 전혀 되어 있지 않는 교만함이 숨어있습니다. 이때 당신이 에고에게 다가가면 그 가지는 더욱 높게 뻗을 것입니다.

장난꾸러기 소년이 가까이 오면 나무는 가지를 굽혀 주었습니다. 나무는 소년이 꽃가지를 꺾을 때면 매우 기뻤습니다. 자신의 존재가 소년으로 하여 사랑의 기쁨으로 가득 차곤 했습니다.

무엇인가를 줄 수 있을 때 사랑은 행복해집니다.

이제 소년은 자랐습니다. 그는 가끔 나무의 우묵한 곳에 한가롭게 누워 잠을 자기도 하고, 그 열매를 따서 먹기도 하며 나뭇잎과 꽃으로 왕관을 만들어 쓰고는 숲의 왕처럼 행동하기도 했습니다.

사랑의 꽃이 자신의 가슴 안에 자리잡고 있을 때 인간은 이와 같은 행복감을 맛보게 됩니다. 그러나 '에고'의 가지가 거기에 있으면 사람은 가난하고 비참해집니다.

소년이 꽃왕관을 쓰고 춤을 추는 것을 보고 나무는 기쁨에 가득 찼습니다. 나무는 미풍 속에서 잎파리들을 나부끼며 사랑의 찬가를 불렀습니다. 소년은 자랐습니다. 그는 나무 꼭대기까지 올라가 가지에 매달리며 놀았습니다. 나무는 소년이 가지 위에 있을 때면 더 큰 행복을 느꼈습니다.

사랑은 누군가에게 평온을 줄 때만 행복합니다. 그러나 '에고'는 불안을 줄 때 더 행복합니다.

시간이 흘러감에 따라 소년에게는 다른 번거로운 의무가 생겨나기 시작했습니다. 그의 마음에 '야망'이란 그림자가 자라고 있었던 것입니다. 그에게는 합격해야 할 시험이 있었고, 잡담하며 함께 돌아다닐 친구들이 생겼습니다. 그래서 소년의 발걸음은 차츰 나무로부터 멀어져갔습니다. 그러나 나무는 그가 오기를 애타게 기다렸습니다.

나무는 그 영혼으로부터 "오라, 오라! 나는 너를 기다리고 있다"고 부르짖는 것이었습니다.

사랑은 밤낮 없는 기다림입니다.

나무는 언제나 소년을 기다렸습니다. 소년이 오지 않으면 나무는 슬펐습니다. 사랑은 나누어 가지지 못하면 슬프고, 누구인가에게 주지 못하면 더 고통스러운 것입니다. 나누어 가질 수 있을 때만 사랑은 기쁨을 느낍니다. 모든 것을 내 줄 수 있을 때 사랑은 가장 행복합니다.

소년은 성장함에 따라 나무에게로 오는 시간이 점점 뜸해져갔습니다. 인간이 성장하여 야망이 크게 자라면 사랑할 시간은 점점 멀어져가는 것입니다. 소년은 이제 세속적인 일들에 온 마음을 빼앗기고 있었습니다.

어느 날, 나무는 오랜만에 찾아온 소년에게 말했습니다.

"나는 네가 오기를 기다렸건만, 너는 끝내 오지 않았어. 난 매일 너를 기다리고 있었단다."

소년이 말했습니다.

"너는 무얼 갖고 있지? 왜 내가 너에게 와야 하지? 너는 돈이라도 갖고 있어? 난 돈을 갖고 싶어."

'에고'는 언제나 동기라는 욕망이 뒤따르게 마련입니다. 쓸모 있는 목적이 있을 때만 에고는 그 완강한 모습을 드러내는 것입니다. 그러나 사랑은 동기가 없습니다. 사랑은 그것 자체가 보답인 것입니다.

깜짝 놀란 나무가 말했습니다.

"내가 무엇인가 줄 때에만 너는 나에게 오겠다는 말이니?"

내주기를 아까와 하는 것은 사랑이 아닙니다. 에고는 축적하기를 두려워하지 않습니다. 그러나 사랑은 무조건 줍니다.

"우리에게는 그와 같은 돈이 없어. 그래서 우리는 즐겁단다."

나무는 계속 말했습니다.

"우리에게는 꽃이 피고 열매가 맺어. 우리는 나그네들에게 그늘을 주고 미풍 속에서 춤추며 노래한단다. 우리에게는 돈이 없어도 순결한 새들은 짹짹거리며 가지 위에서 뛰어놀곤 하지. 우리가 돈에 유혹 당하게 되면 너희들 약한 인간이 하듯 우리도 어떻게 평화를 얻을까를 배우기 위해, 어떻게 사랑을 찾아낼 것인가를 배우기 위해 사원에 가야만 할 거야. 그래서 우리는 전혀 돈이 필요없어."

그러자 소년이 말했습니다.

"그렇다면, 왜 내가 너에게 와야 하니? 나는 돈이 있는 곳으로 가겠어. 나는 돈이 필요해."

'에고'는 권력을 필요로 하기 때문에 돈을 갈망합니다.

나무는 잠시 생각하더니, 이렇게 말했습니다.

"사랑하는 이여! 아무 데도 가지 말렴. 내 열매를 따서 팔도록 해. 그러면 너는 돈을 갖게 될거야."

소년의 표정은 금세 밝아졌습니다. 그는 나무에 기어올라 열매를 모두 땄습니다. 채 익지 않은 것까지 가지를 흔들어 떨어뜨렸습니다. 줄기와 가지가 부러지고 잎이 땅에 떨어졌으나 나무는 행복했습니다.

상처를 받아도 사랑은 행복함을 느낍니다. 그러나 '에고'는 얻은 후에도 만족감을 느끼지 못합니다. '에고'는 언제나 더 많이 갖기를 열망합니다.

소년이 감사하다는 인사는커녕 한 번도 뒤돌아보지 않았으나 나무는 조금도 서운함을 느끼지 못했습니다. 열매를 따서 팔도록 하라는 제의를 소년이 받아들였을 때 나무는 오히려 소년에게 감사하고 있었던 것입니다.

그 후, 소년은 오랫동안 찾아오지 않았습니다. 그는 돈을 갖고 있었고, 그 돈으로 더 많은 돈을 버는데 바빴습니다. 그는 나무에 관한 일을 까맣게 잊고 있었던 것입니다.

몇 해가 지나갔습니다. 나무는 슬펐습니다. 나무는 소년이 다시 돌아오기를 간절히 바라고 있었습니다. 마치 가슴은 젖으로 가득 차 있으나 아들을 잃어버린 어머니처럼 나무는 소년을 기다리고 있었습니다.

여러 해가 지난 어느 날, 이젠 어른이 된 소년이 나무에게로 왔습니다.

나무는 너무 기쁜 나머지 외치듯 말했습니다.

"어서 오너라, 나의 소년아! 와서 나를 안아다오."

그러나 젊은이는 말했습니다.

"그런 감상은 그만둬. 그것은 어린 시절의 일이었어. 이제 난, 어린아이가 아니야."

'에고'는 사랑을 미친 짓으로 보며 철없는 환상으로 여깁니다. 그러나 나무는 그를 초대했습니다.

"어서 오너라. 와서 내 가지에 힘껏 매달려 보렴. 자, 함께 춤추며 놀자꾸나!"

하지만 젊은이는 말했습니다.

"그런 쓸데없는 말은 그만두란 말이야! 나는 집을 지어야만 해. 너는 나에게 집을 지어 줄 수 있어?"

나무는 외쳤습니다.

"집이라구! 나에겐 집이란 것이 없어."

오직 인간만이 집이라는 것을 갖고 있으며, 인간 이외에 그 누구도 집에서 살지 않습니다. 당신은 사방을 벽으로 둘러싸여 갇혀진 인간의 상태를 알고 있습니까? 건물이 크면 클수록 인간은 작아지는 존재입니다.

"우리는 집에서 거처하지 않으나 너는 내 가지를 잘라갈 수 있지 않겠니? 그러면 너는 집을 지을 수 있을 거야."

그 말을 듣자, 젊은이는 잠시도 지체하지 않고 톱을 가져와 나뭇가지들을 전부 잘랐습니다. 나무는 이제 몸통만이 남게 되었습니다. 그러나 사랑하는 이를 위해 사지가 잘려 나갈지라도 사랑은 언제나 줄 준비가 되어 있는 것입니다.

그 젊은이는 나무에게 감사할 생각조차 하지 않았습니다. 이렇게 해서 그는 자기 집을 지을 수가 있었습니다. 그리하여 날이 가고 달이 가고 해가 갔습니다.

그 나무는 이제 통나무가 되어서 소년을 기다리고 또 기다렸습니다. 나무는 그를 부르고 싶었습니다. 그러나 나무에게는 힘을 줄 가지도 잎도 없었습니다. 바람이 불어 지나갔으나 바람결에 소식을 부탁할 수조차 없었습니다. 그런데도 나무의 영혼은 오직 한 가지 기도만을 올리고 있었습니다.

"오라, 오라, 나의 사랑하는 이여! 어서 오라."

그러나 아무 일도 일어나지 않았습니다.

세월은 흘렀고 그 남자 역시 이젠 늙었습니다. 어느 날 그는 초라한 모습으로 지나가는 길에 나무에게로 와 옆에 섰습니다.

나무가 물었습니다.

"너를 위해 그밖에 다른 무엇인가를 해 줄 수 있는 일이 없을까? 넌 무척 오랜만에 왔구나."

그러자 늙은이는 말했습니다.

"나를 위해 무엇을 더 줄 수 있겠니? 나는 더 많은 돈을 벌기 위해 먼 나라로 가고 싶어. 나는 여행할 배가 필요해."

나무는 기쁜 듯이 말했습니다.

"하지만, 그건 문제 없는 걸. 사랑하는 이여. 내 몸통을 잘라 그것으로 배를 만들게. 네가 돈을 별러 먼 나라로 가는 것을 도울 수 있다면 나는 무척 행복할 거야. 그러나 꼭 기억해 두게. 난 네가 돌아오길 언제까지나 기다라고 있을 거라는 사실을……."

그는 톱을 가져와 마지막 나무의 몸통마저 잘라 배를 만들어서 그걸 타고 어디로인가 떠나갔습니다.

나무는 이제 작은 그루터기로 남게 되었습니다. 그리고 나무는 사랑하는 이의 귀향을 기다리는 것이었습니다. 나무는 기다리고 또 기다렸습니다. 하지만, 그 늙은 남자는 영영 돌아오지 않았습니다.

'에고'는 아무것도 얻을 수 없는 곳에는 가지 않습니다. 끊임없이 요구하는 욕구만이 있을 뿐입니다. 그러나 사랑은 관용입니다. 사랑은 왕이요, 황제인 것입니다.

어느 날 밤, 나는 그 나무 그루터기 곁에서 쉬고 있었습니다. 나무는 나에게 속삭였습니다.

"나의 친구는 아직 돌아오지 않았습니다. 나는 혹시 그가 물에 빠지지 않았을까, 길을 잃지 않았을까 매우 걱정하고 있습니다. 그는 먼 나라의 어딘가에서 길을 잃었을지 모릅니다. 어쩌면 그는 살아있지 않을지도 모릅니다. 내가 그의 소식을 얼마나 갈망하는지 아무도 모릅니다. 마지막으로 그의 소식이라도 들었으면 좋겠습니다. 그러면 나는 행복하게 죽을 수 있을 것 같습니다. 하지만 내가 그를 부를 수 있다고 해도 그는 오지 않을 것입니다. 이제 나에게는 줄 것이란 아무것도 남아 있지 않고, 그는 달라는 말밖에는 이해하지 못하니까요."

'에고'는 받는 말밖에는 이해할 줄 모릅니다. 주는 말은 사랑뿐입니다.

만일 우리의 인생이 그 나무처럼 될 수 있다면, 누구라도 그 그늘에서 쉴 수 있도록 가지를 멀리까지 크게 뻗칠 수 있다면, 우리는 사랑이 무엇인가를 이해하게 될 것입니다.

사랑에는 경전도 없고 도표도 없고, 사전도 없습니다. 사랑에는 정해진 원칙도 없습니다. 이처럼 사랑을 설명하기란 매우 어렵습니다. 사랑은 다만 있을 뿐입니다. 당신이 가까이 와서 내 눈 속을 들여다보면, 당신은 어쩌면 사랑을 그 눈 속에서 발견하게 될지도 모르겠습니다. 내가 포용하려고 팔을 뻗칠 때 당신은 그것을 느낄 수 있을지도 모르겠습니다.

사랑, 사랑이란 무엇이겠습니까?

만일 사랑이 나의 눈 속에서, 나의 팔 안에서, 나의 침묵 속에서 느껴지지 않는다면, 어떠한 언어로도 사랑을 이해할 수 없습니다.

섣달 그믐날의 각오

연말연시가 되면 막연히 '새해에는 더 좋은 일이 있겠지.'하는 기대감을 갖는다. 하지만 에리히 케스너의 『인생처방시집』에 나오는 '섣달 그믐날을 위한 격언'이란 시를 보면, 우리의 삶을 세월에 맡겨서는 안 된다고 경고하고 있다.

병든 말 같은 세월에 꿈을 맡겨서는 안 된다.
세월에 너무 무거운 짐을 지게 하면
끝내는 녹초가 되어 버린다.

계획이 화려하게 꽃필 때일수록
곤란한 일에 몰린다.

그럴수록 인간은 노력하려고 결심한다.
하지만 끝내는 진퇴유곡에 빠진다.

수치심 때문에 발버둥쳐도 도움이 되지 않는다.
이것저것에 손을 대어도
전혀 도움은 되지 않고 손해만 볼 뿐

세월에 맡긴 남루한 꿈을 버리고
마음가짐을 새로이 할 일이다.